007 James Bond
Casino Royale

Jubiläums-Edition

Ian Fleming

007 James Bond
Casino Royale

Jubiläums-Edition

Scherz
Bern – München – Wien

Sonderausgabe 1992
Einzig berechtigte Übertragung aus dem Englischen
von Günther Eichel
Titel des Originals: »Casino Royale«

1

Um drei Uhr morgens ist der Geruch nach Parfüm, Rauch und Schweiß betäubend. Der Nervenverschleiß, den das Spielen um hohe Einsätze mit sich bringt und der sich aus der Summierung von Gier, Angst und nervöser Spannung ergibt, wird um diese Zeit unerträglich, und die Sinne erwachen und revoltieren dagegen.

James Bond wußte plötzlich, daß er erschöpft war. Er wußte immer, wenn Körper oder Geist genug hatten, und er richtete sich auch danach. Es half ihm, jegliche Überanstrengung zu vermeiden — aber auch jene gefühlsmäßige Dumpfheit, aus der die Fehler entstehen.

Unauffällig verließ er den Roulettetisch, an dem er gespielt hatte, und blieb einen Augenblick an einem Messinggeländer stehen, das den Tisch im »Salle privée«, an dem um höchste Einsätze gespielt wurde, in Brusthöhe umgab.

Le Chiffre spielte immer noch, und allem Anschein nach gewann er auch immer noch. Vor ihm lag ein unordentlicher Haufen von Hunderttausender-Chips. Im Schatten seines dicken linken Armes war außerdem ein kleinerer Haufen jener gelben Chips zu erkennen, von denen jeder eine halbe Million Francs wert war.

Bond beobachtete eine Weile das merkwürdige, eindrucksvolle Profil, zuckte leicht mit den Schultern, um seine Gedanken abzuschütteln, und ging dann weiter.

Das Gitter, das die »Caisse« abteilt, reicht bis dicht unter das Kinn, und der »Caissier«, im allgemeinen nur ein kleinerer Bankangestellter, sitzt auf einem Stuhl und beschäftigt sich mit den Stapeln von Geldscheinen und Chips, die auf einem kleinen Brett vor ihm aufgebaut sind, jenseits des schützenden Gitters, etwa in Gürtelhöhe der wartenden Kunden. Der Caissier besitzt zu seinem Schutz eine Pistole, und auch sonst ist es unmöglich, über das Gitter zu setzen, die Banknoten an sich zu raffen, wieder über das Geländer zu springen und das Kasino durch die vielen Gänge und Türen zu verlassen. Und außerdem arbeiten die Caissiers im allgemeinen immer zu zweit.

Bond dachte über dieses Problem nach, als er das Bündel von Hunderttausend=Franc=Scheinen und dann die Bündel von Zehntausend=Franc=Noten einsteckte. Ein anderer Teil seiner Gedanken galt der planmäßigen Sitzung des Kasino=Ausschusses, die morgen stattfinden würde.

»Monsieur Le Chiffre gewann zwei Millionen. Er spielte wie üblich. Miss Fairchild gewann in einer Stunde eine Million und verließ dann das Kasino. Innerhalb dieser einen Stunde bot sie Monsieur Le Chiffre dreimal ›banco‹ und ging anschließend. Sie spielte vollkommen kühl. Monsieur le Vicomte de Villorin gewann am Roulette eine Million zweihunderttausend. Er setzte zu Anfang den Höchstbetrag und ließ ihn dann stehen. Er hatte sehr viel Glück. Und dieser Engländer, Mr. Bond, vergrößerte seine Gewinnsumme in den letzten beiden Tagen auf genau drei Millionen. Er spielt an Tisch 5 mit einem progressiven System auf Rot. Duclos, der ›Chef de partie‹, kennt die Einzelheiten. Anscheinend hat Mr. Bond sehr große Ausdauer und spielt immer nur mit dem höchsten Einsatz. Auch er hat sehr großes Glück. Seine Nerven scheinen gut zu sein. Auf der ›Soirée‹ brachte Chemin=de=fer soundso viel ein, Bakkarat soundso viel und Roulette soundso viel. ›Boul‹ war wieder sehr schlecht besucht, deckte jedoch die Ausgaben.«

»Merci, Monsieur le Président.«

So ungefähr würde die morgige Sitzung verlaufen, überlegte Bond, als er die Pendeltüren aufstieß, den Salle privée verließ und dem gelangweilten Mann im Abendanzug zunickte, dessen Aufgabe es war, jedem den Eintritt oder den Ausgang mit Hilfe jenes elektrischen Fußschalters zu gestatten oder zu verwehren, der die Türen bei dem geringsten Anzeichen von Unruhe versperrt.

Und der Kasino=Ausschuß würde die Abrechnung genehmigen und dann zum Mittagessen nach Hause oder in eines der Cafés gehen.

Bei der Vorstellung, die Caisse zu berauben – eine Sache, die ihn persönlich zwar nichts anging, aber ihn trotzdem inter=essierte – kam Bond zu dem Schluß, daß dazu zehn gute Leute notwendig seien, daß dabei mit Sicherheit ein Angestellter oder auch zwei getötet werden müßten und daß man vermutlich weder in Frankreich noch in irgendeinem anderen Land zehn Killer fin=den würde, die dieses Risiko übernähmen.

Als er dem »Vestiaire« einen Tausend=Franc=Schein in die Hand drückte und die Treppe des Kasinos hinunterging, war Bond zu der Überzeugung gekommen, daß Le Chiffre unter kei=nen Umständen versuchen würde, die Caisse zu berauben, und aus diesem Grunde beschäftigte er sich auch nicht mehr mit die=ser Möglichkeit. Statt dessen untersuchte er seine derzeitigen physischen Gefühle. Durch die Sohlen seiner Abendschuhe hin=durch spürte er den trockenen, unbehaglichen Kies des Weges; er hatte einen schlechten, ausgedörrten Geschmack im Mund und schwitzte leicht unter den Armen. Er spürte auch seine Aug=äpfel, die aufgequollen zu sein schienen. Gesicht, Nase und Augenlider wirkten gedunsen. Tief atmete er die frische Nacht=luft ein und konzentrierte seine Sinne sowie seinen Verstand. Er wollte wissen, ob jemand sein Zimmer, seit er es verließ, um zu Abend zu essen, durchsucht hatte.

Er überquerte den breiten Boulevard und ging durch die Gar=tenanlagen zum Hotel Splendide. Er lächelte dem Portier zu, der ihm seinen Zimmerschlüssel – Nr. 45 im ersten Stock – gab, und griff nach dem Telegramm.

Es kam aus Jamaika und hatte folgenden Text:

KINGSTONJA XXXX XXXXXX XXXX XXX

BOND SPLENDIDE ROYALE-LES-EAUX SEINE MINDERWERTIGE ZIGARRENPRODUKTION ALLER KUBANISCHEN FABRIKEN IM JAHRE 1915 ZEHN MILLIONEN WIEDERHOLE ZEHN MILLIONEN STOP HOFFE DASS ANGABE GENÜGT GRÜSSE DASILVA

Das bedeutete, daß zehn Millionen Francs für ihn unterwegs waren; es war die Antwort auf eine Bitte, die Bond nachmittags über Paris an das Londoner Hauptquartier geschickt hatte. Paris hatte mit London gesprochen, wo Clements – der Leiter von Bond Abteilung – wiederum mit M gesprochen hatte, der nur trocken lächelte und dann anordnete, die Sache mit dem Finanzministerium zu regeln.

Bond hatte früher einmal in Jamaika zu tun gehabt, und zwar unter dem Deckmantel eines sehr reichen Kunden der Firma Caffery, der bedeutendsten Import- und Exportgesellschaft von Jamaika. Aus diesem Grunde wurde er auch jetzt über Jamaika durch einen Verbindungsmann gesteuert, dem Bildredakteur des »Daily Gleaner«, der berühmten Zeitung der Großen Antillen.

Fawcett, wie der Redakteur des »Gleaner« hieß, war ursprünglich Buchhalter bei einer führenden Fischfanggesellschaft gewesen, die auf den Cayman-Inseln ihren Sitz hatte und ausschließlich Schildkröten fing. Er gehörte zu jenen Männern der Cayman-Inseln, die sich bei Kriegsausbruch freiwillig gemeldet hatten, und bei Kriegsende war er Verwaltungsangestellter einer kleinen, in Malta stationierten Spionagegruppe der britischen Kriegsmarine.

Schweren Herzens mußte er dann zu den Cayman-Inseln zurückkehren, wurde später jedoch von der Abteilung des Secret Service übernommen, zu deren Aufgabengebiet die Großen Antillen gehörten. Er erhielt eine gründliche Ausbildung als Photograph und noch in einigen anderen Künsten, und mit dem stillschweigenden Einverständnis eines einflußreichen Mannes in Jamaika landete er hinter dem Schreibtisch des Bildredakteurs des »Gleaners«.

In den Pausen zwischen dem Aussortieren der Aufnahmen, die ihm von den großen Bildagenturen – Keystone, Wide-World, Universal, I. N. P. und Reuter-Photo – zugeschickt wurden, erhielt er telefonisch knappe Instruktionen von einem Mann, den er noch nie gesehen hatte, bestimmte einfache Dinge auszuführen, die lediglich völlige Verschwiegenheit sowie Schnelligkeit und

Zuverlässigkeit erforderten. Für diese gelegentlichen Dienstleistungen erhielt er monatlich zwanzig Pfund Sterling, die von einem fiktiven, in England lebenden Verwandten auf sein Konto bei der Royal Bank of Canada eingezahlt wurden.

Fawcetts gegenwärtiger Auftrag lautete, Texte, die ihm durch den anonymen Kontaktmann telefonisch in seine Wohnung übermittelt wurden, sofort und möglichst schnell an Bond weiterzuleiten. Der Kontaktmann hatte ihm vorher gesagt, daß es sich dabei nicht um Texte handeln würde, die das Mißtrauen der Post von Jamaika erregen könnten. Daher war Fawcett auch nicht überrascht, daß man ihn plötzlich zum Korrespondenten der »Maritime Press and Photo Agency« ernannt hatte, zu dessen Aufgaben gehörte, Pressemeldungen nach England und Frankreich durchzugeben. Für diese Tätigkeit erhielt er monatlich weitere zehn Pfund Sterling.

Er fühlte sich geborgen und angespornt, rechnete im geheimen mit einem Orden und leistete die Anzahlung auf einen Morris Minor. Außerdem kaufte er sich einen grünen Augenschirm, mit dem er schon lange geliebäugelt hatte und der ihm half, hinter seinem Redaktionstisch einen gewichtigen Eindruck zu machen.

Einige dieser Einzelheiten gingen Bond durch den Kopf, als er das Telegramm las. Er war an diese indirekte Steuerung gewöhnt und begrüßte sie sogar. Er hatte das Gefühl, auf diese Weise etwas weicher gebettet zu sein, und es bot ihm außerdem die Möglichkeit, daß M sich hin und wieder mit ihm beschäftigen mußte. Er wußte jedoch, daß dies auch ein Trugschluß sein konnte, daß sich vermutlich noch ein zweiter Angehöriger des Service in Royale-les-Eaux aufhielt, der unabhängig von ihm berichtete; aber immerhin hatte er auf diese Weise die Illusion, nicht nur runde zweihundertfünfzig Kilometer von jenem entsetzlichen Bürogebäude jenseits des Kanals, in der Nähe des Regent's Park, entfernt zu sein, sondern auch der Beobachtung und Beurteilung durch jene wenigen kalten Rechner entzogen zu sein, die hinter dieser ganzen Geschichte steckten. Auch Fawcett – der in Kingston lebende Cayman-Insulaner — wußte genau, daß man es in London sofort erfahren würde, wenn er seinen Morris Minor nicht auf Raten kaufen, sondern bar bezahlen würde, und daß man ihn dann fragen würde, woher er denn das Geld dazu hätte.

Bond las das Telegramm zweimal. Er riß ein Telegrammformular von dem Block, der auf dem Tisch lag (denn sonst hätte seine Schrift sich vielleicht durchgedrückt), und schrieb in großen Druckbuchstaben seine Antwort nieder:

DANKE INFORMATION GENÜGT BOND

Er gab das Formular dem Concierge und steckte das mit »Dasilva« unterzeichnete Telegramm in die Tasche. Die Auftraggeber des Concierge — falls es überhaupt welche gab — konnten sich durch Bestechung auch eine Abschrift von der Post beschaffen, wenn der Portier den Briefumschlag nicht noch vorher über Dampf öffnete oder den Text schon mitgelesen hatte, als Bond ihn niederschrieb.

Bond nahm seinen Schlüssel, sagte »Gute Nacht«, sah den Liftboy mit einem abwehrenden Kopfschütteln an und ging zur Treppe. Er wußte, daß jeder Lift eine Mausefalle sein konnte. Er war zwar überzeugt, daß niemand auf der ersten Etage herumlungern würde, wollte jedoch lieber vorsichtig sein.

Während er langsam, auf den Fußballen gehend, die Treppe hochstieg, bedauerte er bereits seine über Jamaika laufende Antwort an M. Der Spieler in ihm wußte, daß es ein Fehler war, sich auf ein zu kleines Kapital verlassen zu müssen. Andererseits würde M ihm wahrscheinlich sowieso nicht mehr bewilligen. Er zuckte die Schultern, bog von der Treppe in den Korridor und ging unhörbar auf die Tür seines Zimmers zu.

Bond wußte genau, wo der Lichtschalter war, und mit einer einzigen Bewegung stand er nicht nur auf der Schwelle, die Tür weit aufgerissen, sondern hatte gleichzeitig das Licht angeknipst und die Pistole in der Hand. Der leere Raum grinste ihn höhnisch an. Er ließ die halbgeöffnete Tür zum Badezimmer unbeachtet, schloß aber die Zimmertür hinter sich ab, knipste die Nachttischlampe sowie die Lampe über dem Spiegel an und warf seine Pistole auf die Polsterbank, die neben dem Fenster stand. Dann beugte er sich vor und betrachtete sorgsam eines seiner schwarzen Haare, das noch an der gleichen Stelle war, an der er es vor dem Abendessen deponiert hatte: eingeklemmt in die Schreibtischschublade.

Als nächstes prüfte er die dünne Schicht Talkumpuder an der Innenseite des Porzellangriffs, der an der Tür des Kleiderschranks angebracht war. Sie schien unberührt zu sein. Er ging in das Bad, hob den Deckel des Klosettwasserbehälters hoch und verglich den Wasserstand mit einem kleinen Kratzer an dem kupfernen Ventil.

Während er diese winzigen Sicherungen überprüfte, die einen unerwünschten Besucher verraten hätten, kam er sich weder dumm noch töricht vor. Er war Geheimagent und nur dank seiner gründlichen Beachtung auch der Kleinigkeiten seines Berufes noch am Leben. Routinemäßige Vorsichtsmaßnahmen waren für ihn ebenso wenig unsinnig wie für einen Tiefseetaucher, für einen Testpiloten oder für irgendeinen Menschen, der sein Geld auf gefährliche Weise verdiente.

Befriedigt, daß sein Zimmer während seines Aufenthaltes im Kasino nicht durchsucht worden war, zog Bond sich aus und nahm eine kalte Dusche. Dann zündete er die siebzehnte Zigarette dieses Tages an, setzte sich an den Schreibtisch, das dicke Bündel seines Spielkapitals und seiner Gewinne vor sich, und trug einige Zahlen in ein kleines Notizbuch ein. Innerhalb von zwei Tagen hatte er genau drei Millionen Francs gewonnen. Zehn Millionen hatte man ihm in London mitgegeben, und um weitere zehn Millionen hatte er gebeten. Mit dieser Summe, die jetzt zu der hiesigen Filiale der Crédit Lyonnais unterwegs war, verfügte er über einen Grundstock von dreiundzwanzig Millionen Francs oder rund dreiundzwanzigtausend Pfund Sterling.

Regungslos blieb Bond eine Weile sitzen und starrte aus dem Fenster auf die dunkle See hinaus. Dann schob er das Geldscheinbündel unter das Kopfkissen des zierlichen, einschläfrigen

Bettes, putzte sich die Zähne, drehte das Licht aus und legte sich erleichtert auf das grobe, französische Bettlaken. Zehn Minuten lang lag er auf der linken Seite und überdachte die Geschehnisse des Tages. Dann drehte er sich auf die andere Seite und zwang seine Gedanken in den engen Tunnel des Schlafes.

Seine letzte Bewegung war, die rechte Hand so weit unter das Kopfkissen zu schieben, bis sie unter dem Griff des achtunddreißiger Polizeicolts mit dem verkürzten Lauf lag. Dann schlief er ein, und mit dem Verschwinden der Wärme und des Humors aus seinen Augen veränderten sich auch seine Gesichtszüge; sein Gesicht wurde zu einer schweigenden Maske – ironisch, brutal und kalt.

2

Zwei Wochen vorher hatte Station S des Secret Service folgendes Memorandum an M weitergeleitet, der nicht nur damals Leiter dieses Zweiges des britischen Verteidigungsministeriums war, sondern es auch heute noch ist:

An: M

Von: Leiter S

Betr.: Vorschlag für die Ausschaltung von Monsieur Le Chiffre (alias »The Number«, »Herr Nummer«, »Herr Ziffer« usw.), eines Hauptagenten der Gegenseite in Frankreich und geheimen Finanziers des »Syndicat des Ouvriers d'Alsace«, der kommunistisch-kontrollierten Gewerkschaft der Schwerindustrien und des Transportgewerbes im Elsaß, die – soweit wir wissen – im Kriegsfall mit Rotland die wichtige Rolle einer fünften Kolonne spielen soll.

Anlagen: Eine Biographie von Le Chiffre, verfaßt vom Leiter des Archivs (Anlage A); eine Notiz über *Smersch* (Anlage B).

Seit einiger Zeit haben wir das Gefühl, daß Le Chiffre den Boden unter den Füßen verloren hat. In fast jeder Hinsicht ist er ein ausgezeichneter Agent der UdSSR; seine allgemeinen physischen Gewohnheiten und Neigungen sind für ihn jedoch eine Achillesverse, die wir hin und wieder zu unserem Vorteil ausnutzen konnten. So gehört zu seinen Freundinnen eine Eurasierin (Nr. 1860), die Station F untersteht und kürzlich in der Lage war, uns Einblick in einige seiner Privataffären zu verschaffen.

Es scheint, als stehe Le Chiffre am Rande einer finanziellen Krise. 1860 machte bestimmte Beobachtungen, wie z. B. diskrete Verkäufe von Schmuckstücken, die Aufgabe einer Villa in Antibes und eine allgemeine Einschränkung seines Lebensstandards, der für ihn bezeichnend war. Weitere Nachforschungen wurden mit Hilfe unserer Freunde vom Deuxième Bureau angestellt (mit denen wir diesen Fall gemeinsam bearbeiten), und dabei ist eine merkwürdige Geschichte ans Tageslicht gekommen.

Im Januar 1946 verschaffte sich Le Chiffre die Kontrolle über eine Reihe von Bordellen, die als »Cordon Jaune« bekannt ist und ihre Niederlassungen in der Normandie sowie in der Bretagne hat. Er war dabei so unvorsichtig, für diesen Zweck rund fünfzig Millionen Francs aus einem Fonds zu nehmen, der ihm von Leningrad, Abteilung III, zwecks Finanzierung der S.O.D.A., der oben genannten Gewerkschaft, zur Verfügung gestellt worden war.

Unter normalen Verhältnissen wäre der Cordon Jaune eine ausgezeichnete Geldanlage gewesen, und es ist möglich, daß Le Chiffre dadurch nur das Gewerkschaftsvermögen vergrößern und nicht sosehr mit dem Geld seiner Auftraggeber für eigene Zwecke spekulieren wollte. Wie dem auch sei, es ist klar, daß es andere und sicherere Geldanlagen als die Prostitution gegeben hätte, wäre er nicht der Versuchung erlegen, daneben über eine unbegrenzte Zahl von Frauen für den eigenen Gebrauch zu verfügen.

Die Entwicklung machte ihm jedoch in kurzer Zeit einen Strich durch diese Rechnung.

Kaum drei Monate später, am 13. April, wurde in Frankreich das Gesetz Nr. 4 verabschiedet: *Loi Tendant à la Fermeture des*

Maisons de Tolérance et au Renforcement de la Lutte contre le Proxénitisme.

(Als M zu diesem Satz kam, knurrte er vor sich hin und drückte auf einen Knopf der Sprechanlage.

»Leiter S?«

»Ja, Sir?«

»Sagen Sie, was soll eigentlich dieses Wort bedeuten?« Er buchstabierte es.

»Kuppeln, Sir.«

»Wir sind hier keine Berlitz-School, Leiter S. Wenn Sie Ihre Kenntnisse von zungenverrenkenden fremden Sprachen unbedingt unter Beweis stellen wollen, wäre ich dankbar, wenn Sie irgendeinen Hinweis beifügen würden. Noch besser: Sie schreiben es gleich in Englisch hin.«

»Ich bitte um Entschuldigung, Sir.«

M ließ den Knopf los und beugte sich wieder über das Memorandum.)

Dieses Gesetz, das unter der Bezeichnung »La Loi Marthe Richard« bekannt wurde und die Schließung aller schlechtbeleumdeten Häuser anordnete sowie den Verkauf pornographischer Bücher und Filme verbot, entzog dem Unternehmen Le Chiffres fast über Nacht den Boden; plötzlich stand Le Chiffre einem schwerwiegenden Defizit in seiner Gewerkschaftskasse gegenüber. In seiner Verzweiflung wandelte er die Bordelle in »Maisons de passe« um, in denen die Leute sich – was vom Gesetz nicht ausdrücklich verboten ist – zu einem heimlichen Rendezvous treffen können. Außerdem betrieb er weiterhin zwei oder drei »Cinemas bleus«, aber diese behelfsmäßigen Unternehmen konnten die Gelder natürlich in keiner Weise wieder hereinbringen, und sämtliche Versuche, seine Beteiligungen selbst mit großem Verlust abzugeben, schlugen fehl. Mittlerweile war die Sittenpolizei ihm auf die Spur gekommen, und binnen kurzem wurden mindestens zwanzig seiner Etablissements geschlossen.

Die Polizei hatte natürlich lediglich Interesse an dem Großbesitzer von Bordellen, und erst durch unser Interesse an der finanziellen Seite dieser Unternehmen, das wir dem Deuxième Bureau gegenüber ausdrückten, stellte sich heraus, daß auch bei den Kollegen von der Polizei eine ähnliche Akte geführt wurde.

Die Bedeutung dieser Situation wurde uns und unseren französischen Freunden sofort klar, und in den vergangenen Monaten führte die Polizei eine Nachforschung nach den Etablissements des Cordon Jaune durch mit dem Ergebnis, daß von dem Unternehmen Le Chiffres nichts übrigblieb, und jede Nachprüfung der Gewerkschaftskasse würde ein Defizit von etwa fünfzig Millionen Francs ergeben, für das er als Schatzmeister verantwortlich ist.

Allem Anschein nach hat Leningrad noch keinen Verdacht geschöpft; es ist jedoch möglich, daß *Smersch* bereits irgend etwas ahnt. In der letzten Woche berichtete ein gutunterrichteter Mittelsmann von Station P, daß ein leitender Beamter dieser sehr wirksamen sowjetischen Exekutivbehörde Warschau in Richtung Straßburg über Ost-Berlin verlassen habe. Das Deuxième Bureau hat diese Mitteilung allerdings noch nicht bestätigt, und auch von den Straßburger Behörden (die zuverlässig und gründlich sind) liegt noch nichts vor. Aus dem Hauptquartier von Le Chiffre, das von zwei Agenten – 1860 und einem weiteren – überwacht wird, liegen ebenfalls keine neuen Informationen vor.

Wenn Le Chiffre erfährt, daß *Smersch* ihm auf der Spur ist oder daß man ihm dort mißtraut, hat er lediglich noch die Möglichkeit, entweder Selbstmord zu begehen oder zu fliehen zu versuchen. Seine gegenwärtigen Pläne deuten jedoch darauf hin, daß er zwar eindeutig verzweifelt ist, jedoch die ihm drohende Gefahr noch nicht erkannt hat. Diese ziemlich ungewöhnlichen Pläne haben uns jedoch zu einer Gegenaktion angeregt, die riskant und keineswegs üblich ist und weiter unten ausführlich dargelegt wird.

Kurz gesagt: Die Pläne Le Chiffres gleichen unserer Ansicht nach dem Beispiel der meisten verzweifelten Männer, die Unterschlagungen begangen haben – das Kassendefizit durch Spielgewinne wieder auszugleichen. Börsenspekulationen dauern zu lange; ähnlich ist es beim gesetzwidrigen Schmuggel von Rauschgiften oder seltenen Arzneimitteln, wie Aureomycon, Streptomycin und Kortison. Wettbetrug kann diese Beträge ebenfalls nicht wieder einbringen, und falls er dabei gewönne, würde man ihn eher ermorden als ihn auszubezahlen.

Jedenfalls wissen wir, daß er auch die restlichen fünfundzwanzig Millionen der Gewerkschaftskasse abgezogen hat und daß er sich eine kleine Villa in der Umgebung von Royale-les-Eaux, unmittelbar nördlich Dieppe, für eine Woche gemietet hat; Mietbeginn morgen in vierzehn Tagen.

Allgemein rechnet man damit, daß im Kasino von Royale in den nächsten Tagen so hoch gespielt wird wie in diesem Sommer sonst nirgends in Europa. Um die wohlhabenden Spieler von Deauville und Le Touquet abzuziehen, hat die Société des Bains de Mer de Royale das Bakkarat sowie die beiden Chemin-de-fer-Tische mit hohem Einsatz an das Mahomet Ali Syndicate verpachtet, eine Gruppe emigrierter Bankiers und Geschäftsleute aus Ägypten, die angeblich einen Anspruch auf gewisse Gelder hat und seit Jahren versucht, einen Anteil an den Gewinnen von Zographos und dessen griechischen Geschäftsfreunden einzutreiben; diese Gewinne stammen aus dem Monopol für Frankreich, die Bank beim Bakkarat zu halten.

Mit Hilfe einer diskreten Werbung war eine beträchtliche Zahl der größten amerikanischen und europäischen Spekulanten ermuntert worden, sich in diesem Sommer in Royale zu beteiligen, und es ist wahrscheinlich, daß der altmodische Badeort einen Teil seines verblichenen Ruhmes wiedererlangen wird.

Wie dem auch sei – wir sind überzeugt, daß Le Chiffre am oder nach dem 15. Juni versuchen wird, mit einem Spielkapital von fünfundzwanzig Millionen beim Bakkarat rund fünfzig Millionen zu gewinnen und damit nebenbei auch sein Leben zu retten.

Vorschlag für Gegenaktion

Es würde im Interesse dieses Landes sowie der übrigen Nationen der nordatlantischen Verteidigungsgemeinschaft liegen, wenn dieser mächtige Sowjetagent lächerlich gemacht und beseitigt würde, wenn seine kommunistische Gewerkschaft Bankrott machte und in einen schlechten Ruf käme, und wenn diese mögliche fünfte Kolonne von etwa fünfzigtausend Mann, die einen großen Abschnitt von Frankreichs Nordgrenze kontrollieren könnte, an Vertrauen und Zusammenhalt verlieren würde. Dies würde geschehen, wenn Le Chiffre beim Spiel verlieren würde. (Eine andere Methode, Le Chiffre zu beseitigen, wäre witzlos, da Leningrad das Defizit sofort ausgleichen und ihn zu einem Märtyrer stempeln würde.)

Wir schlagen daher vor, daß der beste Spieler, der dem Service verfügbar ist, die notwendigen Mittel erhält und versucht, diesen Mann zu schlagen.

Die Risiken sind klar, und der für den Fonds mögliche Verlust ist groß, aber andere Unternehmen, für die große Beträge bereitgestellt wurden, hatten geringere Erfolgschancen und häufig auch ein kleineres Ziel.

Sollte die Entscheidung ablehnend ausfallen, bliebe nur noch die Möglichkeit, unsere Informationen und Vorschläge dem Deuxième Bureau oder unseren amerikanischen Kollegen vom Combined Intelligence Agency in Washington zu überlassen. Beide Organisationen würden zweifellos hocherfreut sein, den Plan auszuführen.

Unterschrift: S

Anlage A

Name: Le Chiffre

Decknamen: Variationen der Wörter »Ziffer« oder »Nummer« in verschiedenen Sprachen, z. B. »Herr Ziffer«, »The Number«.

Herkunft: Unbekannt.

Erstes Auftreten als »Displaced Person« im Lager Dachau, US-Zone Deutschlands, Juni 1945. Litt offensichtlich an Gedächtnisverlust und Lähmung der Stimmbänder (Simulant?). Sprechunfähigkeit wurde erfolgreich behandelt; Patient behauptete jedoch weiterhin, das Erinnerungsvermögen völlig verloren zu haben, abgesehen von Gedankenverbindungen im Zusammenhang mit Elsaß-Lothringen und Straßburg, wohin er im September 1945 mit dem Staatenlosen-Paß Nr. 304-596 entlassen wurde. Nahm den Namen »Le Chiffre« an (»da ich nur die Nummer auf einem Paß bin«). Keine Vornamen.

Alter: Etwa 45.

Beschreibung: Größe 1.71, Gewicht 114 kg. Gesichtsfarbe auffallend blaß, glattrasiert. Haare rotbraun, glatt angebürstet. Augen sehr dunkel mit weißen Flecken um die Iris. Kleiner, fast weiblicher Mund. Falsches, sehr teures Gebiß. Ohren klein mit langen Ohrläppchen, Hinweis auf jüdische Abstammung. Hände schmal, gepflegt, behaart. Füße klein. Äußere Erscheinung deutet auf romanische Abstammung mit preußischem und polnischem Einschlag hin. Kleidung geschmackvoll und gepflegt, meistens dunkler Zweireiher. Starker Raucher (Caporal) unter Verwendung nikotin-absorbierender Spitze. Stimme leise und gleichmäßig; spricht sowohl Französisch als auch Englisch. Gutes Deutsch mit leichtem Akzent. Lächelt selten, lacht nie.

Angewohnheiten: Meistens kostspielige, aber diskrete. Großes Sexualbedürfnis. Flagellant. Ausgezeichneter Fahrer schneller Wagen. Sehr geschickt mit kleinen Waffen, einschließlich Messer, und in Selbstverteidigung. Trägt immer drei Rasierklingen bei sich: eine im Schweißband des Hutes, eine im Absatz des linken Schuhs, eine im Zigarettenetui. Kenntnisse in Buchhaltung und Mathematik. Sehr guter Spieler. Wird immer von zwei bewaffneten Männern begleitet, beide gutgekleidet, der eine Franzose, der andere Deutscher (Einzelheiten verfügbar).

Sonstiges: Ein rücksichtsloser und gefährlicher Agent der UdSSR, untersteht Leningrad, Sektion III, Verbindung über Paris.

Unterschrift: Archiv.

Anlage B

Name: SMERSCH

Quellen: Eigene Archive sowie einige Unterlagen, die vom Deuxième Bureau sowie von C I A, Washington, zur Verfügung gestellt wurden.

Smersch entstand aus der Verbindung der russischen Wörter »Smyert Schpionam«, grob übersetzt: »Tod den Spionen«.
Rangiert vor MWD (früher NKWD) und untersteht angeblich Beria persönlich.
Hauptquartier: Leningrad (Unterabteilung in Moskau).
Aufgabenbereich: Ausmerzung aller Formen von Verrat und Ungehorsam innerhalb der verschiedenen Glieder des russischen Geheimdienstes und der russischen Geheimpolizei sowohl im In= als auch im Ausland. *Smersch* ist die mächtigste und gefürch= tetste Organisation in der UdSSR und soll angeblich nie versagen. Angeblich ist *Smersch* auch für die Ermordung Trotzkys in Mexiko (22. August 1940) verantwortlich, ebenfalls für erfolgrei= che Mordversuche an weiteren russischen Einzelpersonen nach fehlgeschlagenen Aufstandsversuchen russischer Personen und Organisationen.
Smersch trat wieder nach dem Angriff Hitlers auf Rußland hervor. Es folgte eine schnelle Vergrößerung der Organisation, während des Rückzuges der sowjetischen Streitkräfte (1941) Ver= räter und Agenten zu bekämpfen. Zu jener Zeit war *Smersch* die Exekutiv=Abteilung des NKWD, und die gegenwärtige Aufgabe war damals noch nicht so genau umrissen wie heute.
Nach dem Kriege wurde die Organisation gründlich gesäubert, und heute soll sie nur noch aus einigen Hundert Angehörigen bestehen, die für ihre Aufgaben hervorragend geeignet und in fünf Abteilungen gegliedert sind:

Abteilung 1: befaßt sich mit der Gegenspionage innerhalb sowjetischer Organisationen im In= und Aus= land;
Abteilung 2: Ausführung einschließlich Urteilsvollstreckung;
Abteilung 3: Verwaltung und Finanzen;
Abteilung 4: Nachforschungen und reguläre Tätigkeiten; Per= sonalabteilung;
Abteilung 5: Behandlung von Verfehlungen: gleichzeitig Ver= urteilung der Betroffenen.

Seit dem Kriege ist nur ein einziger Angehöriger von *Smersch* in unsere Hände gefallen: Goytschew, alias Garrad=Jones. Er erschoß am 7. August 1948 Petschora, Arzt an der jugoslawischen Botschaft im Hyde Park. Während der Vernehmung beging er Selbstmord durch Verschlucken eines Mantelknopfes aus gepreßtem Zyankali. Er gab lediglich seine Mitgliedschaft bei *Smersch* zu, auf die er unerhört stolz war.
Wir glauben, daß die folgenden britischen Doppelagenten Opfer von *Smersch* geworden sind: Donovan, Harthrop=Vane, Elizabeth Dumont, Ventnor, Mace und Savarin. (Nähere Einzelheiten siehe Morgue, Abteilung *Q.)*
Sonstiges: Man sollte alles versuchen, um weitere Einzelheiten über diese sehr mächtige Organisation zu erfahren und ihre Angehörigen auszuschalten.

3

Leiter S – jener Abteilung des Secret Service, die sich mit der Sowjetunion befaßte – legte so viel Wert auf seinen Plan zur Vernichtung Le Chiffres, der im Grunde genommen auch sein ganz eigener Plan war, daß er selbst mit dem Memorandum in die oberste Etage des düsteren Gebäudes am Regent's Park ging, die gepolsterte Tür öffnete und auf die am Ende des Ganges gelegene Tür zusteuerte.

Kriegerisch stellte er sich neben M's Chef des Stabes, einen jungen Pionier, der sich seine Sporen als Angehöriger des Stabes verdient hatte, nachdem er während eines Sabotage=Unternehmens im Jahre 1944 verwundet worden war und sich trotz dieser beiden Erlebnisse seinen Humor bewahrt hatte.

»Hören Sie, Bill. Ich möchte dem Chef eine Sache mundgerecht machen. Wie ist denn seine Laune?«

»Was meinen Sie, Penny?« Der Chef des Stabes wandte sich an M's Privatsekretärin, die das Zimmer mit ihm teilte.

Miss Moneypenny hätte sehr reizend sein können, wären ihre Augen nicht so kühl, unmittelbar und fragend gewesen.

»Sie kommen einigermaßen günstig. Er hat heute morgen im Außenministerium gerade so eine Art Sieg errungen, und für die nächste halbe Stunde ist niemand angesagt.« Aufmunternd lächelte sie Leiter S an, den sie um seiner selbst willen gern hatte – nicht wegen der Bedeutung seiner Abteilung.

»Also gut: Hier ist der Plan, Bill.« Er legte den schwarzen Aktenordner mit dem roten Stern, der das Kennzeichen für »Streng geheim« war, auf den Tisch. »Und machen Sie um Himmels willen ein begeistertes Gesicht, wenn Sie es ihm geben. Und sagen Sie gleich, daß ich hier draußen warte und so lange ein gutes Code-Buch lese, bis er sich entschieden hat. Vielleicht möchte er noch ein paar Einzelheiten wissen, und außerdem will ich verhindern, daß ihr ihn dauernd stört, bis er fertig ist.«

»Gut, Sir.« Der Chef des Stabes drückte auf einen Knopf und beugte sich zu dem Sprechgerät.

»Ja?« fragte eine ruhige, ausdruckslose Stimme.

»Leiter S hat eine dringende Sache, Sir.«

Eine Weile war das Sprechgerät stumm. »Bringen Sie es herein«, sagte dann die Stimme.

Der Chef des Stabes ließ den Knopf los und erhob sich.

»Danke, Bill. Ich warte nebenan«, sagte Leiter S.

Der Chef des Stabes ging durch das Büro und durch die Doppeltür, die in M's Zimmer führte. Gleich darauf kam er wieder zurück, und über der Tür leuchtete eine kleine blaue Lampe auf: das Zeichen, daß M nicht gestört zu werden wünschte.

Später sagte ein triumphierender Leiter S zu seiner Nummer 2: »Mit dem letzten Absatz hätten wir die ganze Geschichte fast wieder versaut. Er sagte, das wäre Meuterei und Erpressung. Ziemlich aufgeregt hat er sich darüber. Naja, jedenfalls ist er einverstanden. Er findet die Idee zwar verrückt, aber meint, man sollte es versuchen, wenn das Finanzministerium mitmacht, und das wird es seiner Ansicht nach. Er will dem Ministerium klarmachen, daß es besser angelegt wäre als das Geld, das man in desertierte russische Obristen hineinsteckt, die sich nach einigen Monaten ›Asyl‹ als Doppelagenten entpuppen. Außerdem liegt ihm eine ganze Menge an Le Chiffre, und jetzt sucht er nur noch den richtigen Mann, um ihn sofort anzusetzen.«

»Um wen geht es denn?« fragte Nummer 2.

»Um einen mit einer Doppelnull – wahrscheinlich 007. Er ist ein zäher Bursche, und M ist überzeugt, daß die beiden Leibwächter Le Chiffres Schwierigkeiten machen könnten. Außerdem muß er ein blendender Spieler sein, denn zwei Monate vor Kriegsausbruch saß er in einem Kasino in Monte Carlo und beobachtete die rumänische Gruppe, die damals mit unsichtbarer Tinte und dunklen Gläsern arbeitete. Mit Hilfe des Deuxième Bureau ließ er die Leute hochgehen, und außerdem brachte er noch eine Million Francs mit, die er in der Zeit gewonnen hatte. Das war damals eine Menge Geld.«

James Bonds Unterhaltung mit M war sehr kurz gewesen.

»Na, Bond?« fragte M, als Bond wieder in das Zimmer kam, nachdem er das Memorandum gelesen und zehn Minuten aus dem Fenster des Wartezimmers auf die Baumwipfel des Parkes gestarrt hatte.

Über den Tisch hinweg blickte Bond in die klugen, klaren Augen.

»Es ist sehr freundlich von Ihnen, Sir, und ich würde die Sache gern machen. Ich kann nur nicht versprechen, daß ich auch gewinne. Die Chancen beim Bakkarat sind zwar ziemlich günstig – aber genausogut kann es sein, daß ich eine Pechsträhne erwische und daß man mich ausnimmt. Der Einsatz ist außerdem ziemlich hoch, aber ich glaube, daß ich für den Anfang mit einer halben Million auskommen werde.«

Die kalten Augen ließen ihn verstummen. M wußte das alles bereits; er kannte die Chancen beim Bakkarat genausogut wie Bond, denn gerade das war schließlich seine Aufgabe: bei allem und jedem die Chancen zu kennen, und auch die eigenen Männer wie die des Gegners zu kennen. Bond wünschte nur, seine Befürchtungen nicht ausgesprochen zu haben.

»Er kann aber auch eine Pechsträhne haben«, sagte M. »Sie

werden ausreichend Geld mitbekommen – bis zu fünfundzwanzig Millionen, also die gleiche Summe, die er zur Verfügung hat. Sie nehmen zuerst zehn Millionen mit, und weitere zehn werden wir Ihnen schicken, wenn Sie sich alles angesehen haben. Die fehlenden fünf Millionen können Sie bis dahin selbst gewonnen haben.« Er lächelte. »Sie fahren also wenige Tage vor Beginn der Geschichte hin und nehmen die Sache in die Hand. Erkundigen Sie sich bei Q wegen eines Hotelzimmers und der Zugverbindung, und lassen Sie sich auch sonst geben, was Sie brauchen. Die Geldangelegenheit wird von der Zahlmeisterei geregelt. Ich werde das Deuxième Bureau um Unterstützung bitten; immerhin spielt sich die Geschichte auf ihrem Hoheitsgebiet ab, und so, wie es augenblicklich aussieht, können wir froh sein, wenn sie nicht einschnappen. Ich werde versuchen, daß man Ihnen Mathis schickt. Damals, bei der ähnlichen Kasinogeschichte, sind Sie doch sehr gut mit ihm zurechtgekommen, nicht wahr? Washington werde ich ebenfalls informieren, weil es in den Bereich der NATO fällt. Die CIA hat, soweit ich orientiert bin, zwei ausgezeichnete Leute in Fontainebleau sitzen. Sonst noch etwas?«

Bond schüttelte den Kopf. »Am liebsten wäre mir, wenn ich mit Mathis wieder zusammenarbeiten könnte, Sir.«

»Das werden wir schon sehen. Versuchen Sie also, die Sache zu einem guten Ende zu bringen. Wenn nicht, werden wir ziemlich dumm dastehen. Und passen Sie auf! Es klingt zwar alles sehr amüsant, aber ich bin keineswegs überzeugt, daß es das werden wird. Le Chiffre ist ein ausgezeichneter Mann. Also dann: viel Glück.«

»Danke, Sir«, sagte Bond und ging zur Tür.

»Einen Moment noch.«

Bond drehte sich um.

»Ich finde, wir sollten Ihnen noch einen zweiten Mann mitgeben, Bond. Vier Augen sehen mehr als zwei, und vielleicht brauchen Sie jemanden, der sich um Ihre Kontakte kümmert. Ich werde es mir noch durch den Kopf gehen lassen. Man wird sich dann in Royale mit Ihnen in Verbindung setzen. Sie brauchen sich aber darüber keine Gedanken zu machen – wir schik=ken Ihnen nur einen guten Mann.«

Bond hätte viel lieber allein gearbeitet, aber mit M stritt man sich nicht. Er verließ also das Zimmer und hoffte nur, daß der Mann, den man ihm schicken würde, zuverlässig und weder dumm noch – viel schlimmer – ehrgeizig war.

Als Bond, zwei Wochen danach, in seinem Zimmer im Hotel Splendide aufwachte, mußte er daran denken, wie es dann wei=tergegangen war.

Vor Zwei Tagen war er in Royale=les=Eaux gerade noch recht=zeitig zum Mittagessen eingetroffen. Niemand hatte versucht, mit ihm Kontakt aufzunehmen, und kein Mensch war auch nur im geringsten neugierig geworden, als er sich im Gästebuch als »James Bond, Port Maria, Jamaika« eingetragen hatte.

M war es völlig gleich gewesen, unter welchem Decknamen er auftrat.

»Wichtig ist vor allem, daß Sie Le Chiffre nicht mehr aus den Fingern lassen«, hatte er gesagt. »Denken Sie sich also etwas aus, was mit dem übrigen einigermaßen zusammenpaßt.«

Bond kannte Jamaika gut, und so bat er darum, von dort aus geleitet und als Plantagenbesitzer ausstaffiert zu werden, dessen Vater sein Vermögen mit Tabak und Zucker gemacht hatte und dessen Sohn sich damit beschäftigte, dieses Geld an der Börse und in Spielkasinos wieder auszugeben. Sollten irgendwelche Nachforschungen angestellt werden, würde er Charles Dasilva in Kingston als seinen Anwalt nennen. Charles würde seine An=gaben dann schon bestätigen.

Die beiden letzten Nachmittage und den größten Teil der Nächte hatte Bond im Kasino verbracht und seine komplizierten Progressiv=Systeme am Roulette ausprobiert. Und auch im Che=min=de=fer hatte er sich mehrmals versucht.

Auf diese Weise hatte er rund drei Millionen Francs gewon=nen sowie seine Nerven und sein Kartengefühl wieder an das Spielen gewöhnt. Außerdem hatte er sich im Kasino selbst genau umgesehen und sich die Anlage des Hauses eingeprägt. Nicht zu=

letzt war er in der Lage gewesen, Le Chiffre an den Spieltischen zu beobachten und überrascht festzustellen, daß dieser Mann ein fehlerloser und mit Glück gesegneter Spieler war.

Bond hatte eine Vorliebe für ein reichhaltiges Frühstück. Nach der kalten Brause saß er am Schreibtisch vor dem Fenster. Er blickte in den schönen Tag hinaus und aß — nach einem großen Glas Orangensaft auf nüchternen Magen — drei Rühreier, zu denen er eine doppelte Portion Kaffee ohne Zucker trank. Dann steckte er sich die erste Zigarette an, eine Orientmischung, die von der Firma Morlands in der Grosvenor Street hergestellt wurde, und beobachtete nicht nur die kleinen Wellen, die gegen den langen Strand leckten, sondern auch die Fischereiflotte von Dieppe, die in der flimmernden Junihitze ausschwärmte, gefolgt von Möwenschwärmen, die wie Papierschnitzel durcheinanderflatterten.

Er war in Gedanken versunken, als das Telefon läutete. Es war der Portier, der nur mitteilen wollte, daß ein Direktor der Firma Radio-Stentor mit dem Gerät gekommen wäre, das Bond in Paris bestellt hätte.

»Ach so«, sagte Bond. »Schicken Sie ihn herauf.«

Diese Tarnbezeichnung hatte das Deuxième Bureau für seinen Verbindungsmann zu Bond ausgesucht. Bond blickte nachdenklich auf die Tür und hoffte nur, daß es Mathis wäre.

Als Mathis, ein achtbarer Geschäftsmann mit einem großen, eckigen Behälter an einem ledernen Griff, hereinkam, lächelte Bond ihn strahlend an und hätte ihn sicherlich mit aller Wärme begrüßt, wenn Mathis nicht die Stirn krausgezogen und die freie Hand abwehrend ausgestreckt hätte, nachdem er die Tür hinter sich geschlossen hatte.

»Ich komme gerade aus Paris, Monsieur, und habe das Gerät mitgebracht, für das Sie sich interessieren. Fünf-Röhren-Superhet nennt man es wohl in England, und man müßte damit auch in Royale die meisten europäischen Sender empfangen können. Im Umkreis von achtzig Kilometern gibt es hier nämlich keine Berge.«

»Das klingt nicht schlecht«, sagte Bond und zog die Augenbrauen fragend hoch.

Mathis ging nicht darauf ein. Er stellte den Apparat, den er ausgepackt hatte, auf den Fußboden, und zwar direkt vor das ausgeschaltete elektrische Feuer im Kamin.

»Es ist kurz nach elf«, sagte er, »und Rom bringt jetzt auf Mittelwelle die Sendung ›Compagnons de la Chanson‹. Dann wollen wir also mal sehen, wie der Empfang ist.«

Er blinzelte mit dem einen Auge. Bond merkte, daß Mathis den Apparat auf volle Lautstärke gestellt hatte und daß das rote Licht der Langwelle leuchtete, obgleich der Apparat noch still war.

Mathis drehte an der Rückwand des Apparats, und plötzlich erfüllte ein entsetzliches Dröhnen das kleine Zimmer. Mathis blickte das Gerät eine Zeitlang befriedigt an, stellte es dann wieder ab, und seine Stimme klang äußerst bestürzt.

»Oh, Monsieur, ich bitte um Verzeihung. Das war schlecht eingestellt.« Und wieder drehte er an den Knöpfen. Nach kurzer Zeit drang ein weiches, wenn auch nicht ganz leises Französisch aus dem Lautsprecher, und Mathis kam zu Bond herüber, schlug ihm auf die Schulter und drückte ihm die Hand, bis ihm die Finger weh taten.

Bond blickte ihn lächelnd an. »Was soll das eigentlich bedeuten?« fragte er.

»Mein lieber Freund!« Mathis war äußerst vergnügt. »Sie sind verraten und verkauft — aber auch restlos! Da oben ...« Er deutete zur Decke. »Dort oben sitzt entweder Monsieur Muntz oder seine angebliche Ehefrau, angeblich an einer schweren Grippe leidend, und er oder sie ist jetzt stocktaub, völlig stocktaub, und hoffentlich zu Tode erschrocken.« Fröhlich grinste er Bond an, der ein ungläubiges Gesicht machte.

Mathis setzte sich auf das Bett und riß mit dem Daumennagel ein Päckchen Caporal auf. Bond wartete.

Mathis war mit dem Erfolg seiner Worte zufrieden. Er wurde wieder ernst.

»Wie es passiert ist, weiß ich nicht. Anscheinend hat man schon Tage vor Ihrer Ankunft Bescheid gewußt. Der Gegner ist in ziemlicher Stärke aufmarschiert. Über Ihnen wohnt das Ehe=

paar Muntz: Er ist Deutscher, sie stammt aus Mitteleuropa, wahrscheinlich aus der Tschechei. Dieses Hotel ist ziemlich altmodisch, und jeder Kamin hat einen eigenen Abzug, der nicht mehr gebraucht wird. Genau an dieser Stelle« — er deutete auf die obere Kante des Kaminsimses — »ist ein hochempfindliches Mikrophon eingebaut. Das Kabel läuft durch den Abzug zum elektrischen Feuer der Muntz', in das ein Verstärker eingebaut ist. In ihrem Zimmer steht ein Bandgerät, und außerdem hören sie die Gespräche mit einem Kopfhörer mit. Aus diesem Grunde hat Madame Muntz auch die Grippe und nimmt ihre Mahlzeiten im Bett ein, und deswegen leistet Monsieur Muntz ihr auch ständig Gesellschaft, statt den Sonnenschein und das Kasino dieses reizenden Kurortes zu genießen. Zu einem Teil wissen wir diese Dinge, weil wir in Frankreich sehr klug sind. Den Rest fanden wir bestätigt, als wir den Kamin wenige Stunden vor Ihrem Eintreffen eingehend untersuchten.«

Mißtrauisch ging Bond zum Kamin hinüber und betrachtete nachdenklich die Schrauben, mit denen der Sims an der Wand befestigt war. An den Nuten waren winzige Kratzer zu erkennen.

»So, und jetzt geht das Spiel weiter«, sagte Mathis. Er ging zum Radio, das seinen vier Zuhörern jetzt leichte Tanzmusik bescherte, und drehte es ab.

»Sind Sie zufrieden, Monsieur?« fragte er. »Haben Sie gemerkt, wie ungestört der Empfang ist? Die Kapelle ist doch großartig, nicht wahr?« Mit der rechten Hand machte er eine einladende Handbewegung und zog die Augenbrauen hoch.

»Sie ist so ausgezeichnet, daß ich gern noch den Rest des Programms hören möchte«, sagte Bond. Bei dem Gedanken an die ärgerlichen Blicke, die das Ehepaar Muntz sich oben zuwarf, mußte er grinsen. »Der Apparat scheint wirklich großartig zu sein — genau das, was ich nach Jamaika mitnehmen wollte.«

Mathis schnitt eine sarkastische Grimasse und schaltete wieder ein.

»Sie und Ihr Jamaika!« sagte er spöttisch und setzte sich dann wieder auf das Bett.

Bond sah ihn nachdenklich an. »Es hat keinen Sinn, sich jetzt noch über diese Geschichte aufzuregen«, sagte er. »Wir haben sowieso nicht damit gerechnet, daß die Tarnung sehr lange vorhält; aber es ist doch ziemlich beunruhigend, daß es so schnell herausgekommen ist.« Er suchte vergeblich nach einem noch so kleinen Verdacht. Hatten die Russen vielleicht den Code entschlüsselt? Wenn es das war, konnte er genausogut seine Koffer wieder packen und nach Hause fahren; dann wußte man über ihn und seinen Auftrag haargenau Bescheid.

Mathis schien seine Gedanken zu lesen. »Der Code kann es nicht gewesen sein«, sagte er. »Jedenfalls haben wir London sofort benachrichtigt, so daß der Code sicherheitshalber geändert wird. Das gab einen ganz schönen Wirbel.« Er hatte das befriedigte Lächeln eines freundschaftlichen Gegners. »Und jetzt zum Geschäft, bevor unseren lieben Freunden die Luft ausgeht.«

»Erstens«, fuhr er fort und atmete den Rauch seiner Caporal tief in die Lunge, »erstens werden Sie mir Ihrer Nummer 2 sehr zufrieden sein. Sie ist sehr hübsch (Bond runzelte die Stirn), auffallend hübsch sogar.« Befriedigt über Bonds Reaktion, fuhr Mathis dann fort: »Sie hat schwarzes Haar, blaue Augen und großartige – äh – Rundungen, hinten wie vorn. Und sie ist eine ausgezeichnete Funktechnikerin, so daß sie als Frau zwar weniger interessant, dafür jedoch für die Firma Radio-Stentor sowie für mich in meiner Eigenschaft als Radiovertreter, der einem ereignisreichen Sommer entgegensieht, fast unersetzlich ist.« Er grinste. »Wir wohnen beide gleichfalls in diesem Hotel, und auf diese Weise wird meine Assistentin jederzeit greifbar sein, falls Ihr neues Radio einmal aussetzen sollte. Jedes neue Gerät, selbst ein französisches, leidet in den ersten Tagen an gewissen Kinderkrankheiten – und nicht nur in den ersten Tagen, sondern auch Nächten«, fügte er mit einem übertriebenen Blinzeln hinzu.

Bond war keineswegs begeistert. »Warum haben mir diese Idioten ausgerechnet eine Frau hierhergeschickt?« sagte er verbittert. »Glauben die denn, wir wären zu einem Picknick hergekommen?«

Mathis unterbrach ihn. »Beruhigen Sie sich, mein lieber James. Sie ist so ernst zu nehmen, wie Sie es sich nur wünschen können, und dabei so kalt wie ein Eisberg. Französisch spricht sie wie ihre Muttersprache, und außerdem weiß sie im Schlaf, was sie zu tun hat. Ihre Tarnung ist vollkommen, und ich habe bereits dafür gesorgt, daß Sie sie völlig unauffällig kennenlernen werden. Gibt es etwas Natürlicheres, als daß Sie sich hier ein hübsches Mädchen anlachen? Sie – ein Millionär aus Jamaika!« Er räusperte sich respektvoll. »Sie mit Ihrem heißen Blut würden ohne Mädchen förmlich unangezogen wirken.«

Bond knurrte zweifelnd. »Haben Sie vielleicht noch andere Überraschungen dieser Art für mich?« fragte er mißtrauisch.

»Nichts von Bedeutung«, erwiderte Mathis. »Le Chiffre ist in seine Villa eingezogen. Sie liegt rund fünfzehn Kilometer entfernt, direkt an der Küstenstraße. Zwei Leibwächter hat er mitgebracht, und die beiden scheinen ziemlich ausgekocht zu sein. Der eine wurde beobachtet, als er eine kleine sogenannte Pension hier in der Stadt aufsuchte, in der vor zwei Tagen drei geheimnisvolle und nicht sehr vertrauenerweckende Kreaturen eintrafen. Es ist möglich, daß die drei ebenfalls zu dem Team gehören. Ihre Papiere sind in Ordnung – allem Anschein nach staatenlose Tschechen; einer unserer Leute behauptet jedoch, daß sie auf dem Zimmer bulgarisch sprächen. Von diesen Burschen bekommen wir hier nur wenige zu sehen. Die meisten werden gegen die Türken und die Jugoslawen eingesetzt. Sie sind zwar dumm, aber gehorsam. Die Russen verwenden sie, wenn sie jemanden schlicht umgelegt haben wollen, oder als Lockvögel in Fällen, die schwieriger liegen.«

»Vielen Dank. Das wäre also wohl bei mir der Fall. Sonst noch etwas?«

»Nein. Kommen Sie also vor dem Essen in die Bar des Hermitage. Die Vorstellung erledige ich dann schon. Laden Sie das Mädchen gleich heute zum Abendessen ein. Dann sieht es völlig natürlich aus, wenn sie mit Ihnen zusammen das Kasino betritt. Ich werde ebenfalls dort sein, aber mich im Hintergrund halten.

Ich habe noch zwei gute Leute mitgebracht, und wir werden Sie ein bißchen im Auge behalten. Ach ja — außerdem ist noch ein Amerikaner eingetroffen; er heißt hier Leiter und wohnt ebenfalls hier im Hotel, gehört zur CIA und sitzt sonst in Fontainebleau. London gab mir den Auftrag, es Ihnen mitzuteilen. Er sieht ganz brauchbar aus — und vielleicht kann er uns sogar nützlich sein.«

Ein Schwall italienischer Worte sprudelte aus dem Radiogerät, das auf dem Fußboden stand. Mathis drehte es ab, und sie wechselten noch ein paar Redensarten über das Gerät und wie die Bezahlung erfolgen solle. Dann verschwand Mathis mit einem Schwall von Verabschiedungen und einem letzten Winken.

Bond saß am Fenster und sammelte seine Gedanken. Nichts von dem, was Mathis ihm eben erzählt hatte, klang beruhigend. Man wußte über ihn nicht nur Bescheid, sondern er wurde bereits von Fachleuten überwacht. Vielleicht würde man sogar den Versuch machen, ihn zu beseitigen, bevor er die Möglichkeit hatte, Le Chiffre am Spieltisch gegenüberzusitzen. Seine Gegner wurden durch kein Vorurteil davon abgehalten, ihn umzubringen. Und dann war da noch diese verdammte Person. Er seufzte. Frauen waren zur Entspannung da. Sonst aber standen sie nur dauernd im Wege und vernebelten alles mit ihrer Weiblichkeit, ihren verletzten Gefühlen und dem, was sie sonst noch mit sich herumschleppten. Dauernd hatte man auf sie Rücksicht zu nehmen und für sie zu sorgen.

»Biest!« sagte Bond, und da ihm das Ehepaar Muntz einfiel, wiederholte er das Wort noch einmal, wenn auch etwas deutlicher, und verließ sein Zimmer.

5

Es war genau zwölf Uhr, als Bond das Splendide verließ, und die Turmuhr der »Mairie« holperte ihre mittäglichen Schläge herunter. Ein starker Duft nach Kiefern und Mimosen erfüllte die Luft, und die frisch gesprengten Anlagen des gegenüberlie=

genden Kasinos mit den kiesbestreuten Wegen und Terrassen verliehen dem Bild eine gewisse Förmlichkeit, die eher zu einem Ballett als zu einem Melodrama gepaßt hätte.

Die Sonne schien. In der Luft lag eine Fröhlichkeit, ein Funkeln, das wie das Versprechen auf ein neues Zeitalter war, zu dem diese kleine Badestadt nach so vielen Wechselfällen die Menschen wieder höflich einlud.

Royale-les-Eaux, das in der Nähe der Sommemündung liegt, bevor der flache Küstenstreifen der südlichen Picardie zu der bretonischen Steilküste ansteigt, die erst in Le Havre endet, hatte ein sehr ähnliches Schicksal gehabt wie Trouville.

Royale (ohne das »Eaux«) hatte als kleines Fischerdorf angefangen, und sein Aufstieg zu einem modischen Badeort während des zweiten Kaiserreiches verlief genauso meteorhaft wie der von Trouville. Trouville wurde dann jedoch von Deauville abgewürgt, und genauso machte es Le Touquet nach einer langen Periode des Niedergangs mit Royale.

Um die Jahrhundertwende, als es dem kleinen Badeort sehr schlecht ging und die Mode aufkam, das Vergnügen mit einer Badekur zu verbinden, wurde in den Hügeln hinter Royale eine natürliche Quelle entdeckt, die so viel Schwefel enthielt, daß das Wasser einen wohltuenden Einfluß auf die Leber hatte. Da alle Franzosen an Leberbeschwerden leiden, wurde Royale binnen kurzem zu »Royale-les-Eaux«, und »Eaux Royale«, das in röhrenförmigen Flaschen geliefert wurde, tauchte in Hotels und Speisewagen bescheiden am untersten Ende der Mineralwasserkarte auf.

Es konnte jedoch nicht lange gegen das mächtige Bündnis bestehen, das Vichy, Perrier und Vittel eingegangen waren. Es folgte eine Serie von Prozessen, viele Leute verloren dabei ihr Geld, und wenig später war der Verkauf des Mineralwassers allein auf Royale-les-Eaux beschränkt. Royale mußte sich im Sommer wieder mit den Einnahmen begnügen, die von französischen und englischen Familien stammten, und war im Winter auf seine Fischereiflotte angewiesen; hinzu kamen die Brosamen, die seinem vornehm verkommenen Kasino von den Tischen in Le Touquet zufielen.

Das überladene Barock des »Casino Royale« wirkte jedoch irgendwie prächtig und erinnerte an die Eleganz und den Luxus des 19. Jahrhunderts, und im Jahre 1950 regte es die Phantasie einer Pariser Finanzgruppe an, die über erhebliche, einer Gruppe geflohener Vichy-Anhänger gehörende Geldmittel verfügte.

Brighton war nach dem Kriege wieder zu neuem Leben erwacht, und genauso war es Nizza ergangen. Vielleicht war die sehnsüchtige Erinnerung nach den vergangenen goldenen Zeiten doch eine gute Einnahmequelle.

Das Kasino wurde in seinen früheren Farben – Weiß und Gold – neu gestrichen, und die Räume wurden in einem lichten Grau mit weinroten Vorhängen und Teppichen ausgestattet. Große Kronleuchter wurden an den Decken angebracht und die Gartenanlagen neu angelegt; die Brunnen fingen wieder an zu plätschern, und die beiden größten Hotels, das Splendide und das Hermitage, wurden ebenfalls renoviert, aufpoliert und neu eingerichtet.

Selbst die kleine Stadt und der »Vieux-port« waren noch in der Lage, ein Lächeln des Willkommens auf ihre verwüsteten Gesichter zu zaubern, und die Hauptstraße bekam durch die Glasvitrinen der großen Pariser Juweliere und Modehäuser, die man für die kurze Sommersaison durch mietfreie Aufstellung und großzügige Versprechungen angelockt hatte, ein buntes Aussehen.

Dann war das Mahomet Ali Syndicate dafür gewonnen worden, das Kasino zu übernehmen, und die Société des Bains de Mer de Royale hatte nun das Gefühl, daß Le Touquet endlich einen Teil jenes Wohlstandes wieder herausrücken müßte, den man jahrelang dem Nachbarn gestohlen hatte.

Vor dem Hintergrund dieser strahlenden und hellerleuchteten Kulisse stand Bond im Sonnenschein und hatte das Gefühl, daß sein Auftrag nicht nur widersinnig, sondern auch völlig unpassend sei, und daß sein dunkler Beruf eine Beleidigung des gesamten Standes der Schauspieler sein müsse.

Mit einem Schulterzucken warf er das unbehagliche Gefühl ab, ging um das Hotel herum und über die Rampe in die Garage hinunter. Vor seinem Rendezvous in Hermitage wollte er mit seinem Wagen die Küstenstraße entlangfahren, sich Le Chiffres Villa im Vorüberfahren ansehen und dann weiter landeinwärts zurückkommen, bis er die Kreuzung mit der nach Paris füh= renden »Route internationale« erreichte.

Der Wagen war Bonds einziges persönliches Steckenpferd. Es war einer der letzten Viereinhalb=Liter=Bentley mit Kompressor, den Amherst Villiers herausgebracht hatte. Fast neu war der Wagen gewesen, als Bond ihn 1933 gekauft hatte, und während des Krieges hatte er zwar aufgebockt gestanden, war aber immer sorgsam gepflegt worden. Immer noch wurde er alljährlich gründ= lich durchgesehen, und in London arbeitete in einer Garage, die in der Nähe von Bonds Wohnung in Chelsea lag, ein ehemaliger Mechaniker von Bentley, der den Wagen mit besonderer Liebe pflegte. Bond fuhr schnell, gut und mit einem fast sinnlichen Ver= gnügen. Der Wagen war ein marinegraues Kabriolett mit einem Coupé=Aufsatz, der sich tatsächlich abnehmen ließ, und lief auf langen Strecken leicht seine hundertfünfzig, wobei er immer noch rund fünfzig Kilometer als Reserve hatte.

Bond fuhr den Wagen aus der Garage und die Rampe hoch, und dann hallte das gedämpfte tiefe Brummen des Motors auf dem baumbestandenen Boulevard, durch die belebte Hauptstraße der kleinen Stadt und schließlich in den südlich gelegenen Sand= dünen.

Eine Stunde später betrat Bond die Bar des Hermitage und setzte sich an einen Tisch in der Nähe der breiten Fenster.

Der Raum strotzte von jener übermännlichen Note, die in Frankreich in Verbindung mit kurzen Pfeifen und Drahthaar= terriern das Zeichen von Luxus darstellt. Alles war entweder aus Leder, das mit Messingknöpfen verziert war, oder aus Ma= hagonie; Vorhänge und Teppiche waren königsblau. Die Kellner trugen gestreifte Westen und grüne Schürzen. Bond bestellte sich einen Americano und sah sich die übereleganten Gäste an, die seiner Ansicht nach zum größten Teil aus Paris stammten, sich hitzig und lebhaft unterhielten und dadurch jene theatralisch intime Atmosphäre der »Heure de l'apéritif« schufen.

Die Männer tranken unermüdlich kleine Flaschen Champagner, die Frauen trockene Martinis.

»Moi, j'adore le ›Dry‹«, sagte gerade ein am Nebentisch sitzendes Mädchen mit strahlendem Gesicht zu seinem Begleiter, dessen der Jahreszeit gar nicht entsprechender Tweedanzug zu adrett war und der es mit seinen feuchten braunen Augen anstarrte, »fait avec du Gordon's, bien entendu.«

»D'accord, Daisy. Mais tu sais, un zeste de citron ...«

Plötzlich sah Bond die große Gestalt von Mathis, der draußen vorüberging, den Kopf in angeregter Unterhaltung einem dunkelhaarigen Mädchen in Grau zugewandt. Er hatte sich bei ihr eingehakt. Doch fehlte dieser Gebärde jene gewisse Vertraulichkeit, und da das Profil des Mädchens eine ironische Kühle verriet, konnte man die beiden eher für zwei einander Fremde als für ein Paar halten. Bond wartete, daß sie die Bar beträten, starrte jedoch der Form halber weiterhin aus dem Fenster.

»Ist das nicht Monsieur Bond?« Die Stimme von Mathis, der jetzt hinter ihm stand, war voller überraschtem Entzücken. Bond machte eine entsprechend überraschte Bewegung und erhob sich. »Sind Sie etwa allein? Oder warten Sie auf jemanden? Darf ich Sie mit meiner Kollegin, Mademoiselle Lynd, bekannt machen? Das, meine Liebe, ist der Herr aus Jamaika, mit dem ich heute vormittag geschäftlich zu tun hatte.«

Bond verneigte sich mit reservierter Freundlichkeit. »Es ist mir ein großes Vergnügen«, sagte er, zu dem Mädchen gewandt. »Ich bin allein – darf ich Sie bitten, bei mir Platz zu nehmen?« Er rückte einen Stuhl zurecht, und als sie sich niederließen, nickte er dem Kellner zu, und trotz Mathis' Einwendungen bestand er darauf, die Getränke zu bestellen: einen Fine à l'eau für Mathis und einen Bacardi für das Mädchen.

Mathis und Bond unterhielten sich angeregt über das schöne Wetter und die Möglichkeit, daß Royale-les-Eaux wieder zum

Leben erweckt würde. Das Mädchen schwieg. Sie nahm jedoch eine von Bonds Zigaretten, rauchte sie genüßlich und ohne jede Affektiertheit, atmete den Rauch tief ein und blies ihn dann durch Mund und Nase wieder aus. Ihre Bewegungen waren knapp und beherrscht, ohne jede Spur von Überheblichkeit.

Bond spürte ihre Gegenwart sehr stark. Während er sich mit Mathis unterhielt, wandte er sich von Zeit zu Zeit auch an sie, um sie höflich in das Gespräch miteinzubeziehen; und jedesmal registrierte er das, was seine Augen dabei feststellten.

Ihr Haar war tiefschwarz; sie trug es vorn kurzgeschnitten, während es an den Seiten herabfiel und das Gesicht mit der klaren und schönen Kinnlinie einrahmte. Obgleich das Haar schwer war und jeder Kopfbewegung folgte, strich sie es nicht fortwährend zurück, sondern ließ es so, wie es gerade lag. Ihre Augen standen weit auseinander, waren tiefblau und blickten Bond mit einem Hauch ironischen Desinteresses an, so daß er — zu seinem eigenen Ärger — den Wunsch hatte, dieses Desinteresse zu zerstören. Ihre Haut war leicht getönt und ohne jede Spur eines Make-up, abgesehen allein von ihrem Mund, der groß und sinnlich war. Ihre bloßen Arme und Hände wirkten beruhigend, und der allgemeine Eindruck einer völligen Reserviertheit, den ihre ganze Erscheinung und ihre Bewegungen machten, reichte bis zu den Fingernägeln, die nicht lackiert und kurz gehalten waren. Um den Hals trug sie eine schlichte goldene Gliederkette, am Ringfinger einen großen Topas. Ihr halblanges Kleid war aus grauer »Soie sauvage« mit viereckigem Ausschnitt und spannte sich herausfordernd über den festen Brüsten. Der Rock war plissiert und bauschte sich unterhalb der schmalen, jedoch nicht dünnen Taille. Dazu trug sie einen breiten, handgearbeiteten schwarzen Gürtel. Eine ebenfalls handgearbeitete schwarze »Sabretasche« lag auf dem Stuhl neben ihr; zusammen mit einem wagenradgroßen gelben Strohhut, dessen Kopfteil mit einem schmalen schwarzen Samtband eingefaßt war, das in einer kleinen Schleife endete. Ihre Schuhe waren ebenfalls aus schwarzem Leder und hatten eine stumpfe Kappe.

Bond war von ihrer Schönheit begeistert, und ihre Haltung weckte seine Neugier. Die Aussicht, mit ihr zusammenzuarbeiten, reizte ihn unerwartet. Zur gleichen Zeit spürte er aber eine leise Unruhe. In einem plötzlichen Impuls klopfte er auf Holz.

Mathis hatte Bonds Nachdenklichkeit gemerkt. Nach kurzer Zeit erhob er sich wieder.

»Verzeihung«, sagte er zu dem Mädchen, »aber ich muß Dubernes noch anrufen, um mich heute abend zum Essen zu verabreden. Haben Sie wirklich nichts dagegen, daß ich Sie heute abend allein lasse?«

Sie schüttelte den Kopf.

Bond griff das Stichwort auf, und als Mathis zu der Telefonzelle hinüberging, die sich neben der Bar befand, sagte er: »Falls Sie heute abend wirklich allein sein sollten – würde es Ihnen etwas ausmachen, mit mir zusammen zu Abend zu essen?«

Sie lächelte ihn an und zeigte dabei zum erstenmal eine Andeutung, daß sie Bescheid wüßte. »Sehr gern«, sagte sie, »und vielleicht nehmen Sie mich dann anschließend in das Kasino mit, in dem Sie – wie Monsieur Mathis behauptet – beinahe zu Hause sind. Vielleicht bringe ich Ihnen sogar Glück?«

Solange Mathis fort war, zeigte sie Bond gegenüber eine plötzliche Wärme. Sie schien anzuerkennen, daß sie beide ein Team bildeten, und als sie Ort und Zeit ihres abendlichen Zusammentreffens festlegten, erkannte Bond, daß es wahrscheinlich doch sehr einfach sein würde, die Einzelheiten seines Plans mit ihr zu besprechen. Er spürte, daß die Rolle, die sie dabei zu spielen hatte, sie interessierte und begeisterte, und daß sie bereitwillig mit ihm zusammenarbeiten würde. Er hatte mit so vielen Hürden und Schwierigkeiten gerechnet und merkte jetzt, daß alles ganz einfach sein würde. Die Unaufrichtigkeit seiner Haltung ihr gegenüber gestand er sich ehrlich ein: Er hatte den Wunsch, mit ihr zu schlafen – aber erst mußte der Auftrag erledigt werden.

Als Mathis an ihren Tisch zurückkehrte, ließ Bond sich die Rechnung geben. Er erklärte, daß er in sein Hotel müsse, weil er sich mit Freunden zum Mittagessen verabredet habe. Als er ihre Hand für einen kurzen Augenblick in seiner hielt, spürte er die Wärme von Zuneigung und Verstehen, die er noch vor einer halben Stunde für unmöglich gehalten hatte.

Die Augen des Mädchens blickten ihm nach, als er auf den Boulevard hinaustrat.

Mathis rückte seinen Stuhl näher an den des Mädchens und sagte leise: »Das ist ein sehr guter Freund von mir. Ich freue mich, daß ihr euch kennengelernt habt; ich spüre förmlich, wie die Eisdecke der beiden Flüsse langsam aufbricht.« Er lächelte. »Meiner Ansicht nach ist Bond bisher noch nie aufgetaut. Für ihn wird es ein ganz neues Erlebnis sein — und für Sie auch.«

Sie antwortete ihm nicht direkt. »Er sieht sehr gut aus«, sagte sie nur. »Und etwas erinnert er mich an Hoagy Carmichael. Aber er hat etwas Kaltes und Unbarmherziges in seinem . . .«

Der Satz blieb unausgesprochen. Plötzlich löste sich die kaum einen Meter entfernte Fensterscheibe in Konfetti auf. Der Druck einer heftigen Explosion in nächster Nähe traf sie und preßte sie gegen die Lehnen ihrer Stühle. Dann war es einen Augenblick totenstill. Irgend etwas prasselte draußen auf den Bürgersteig herunter. Einige Flaschen auf den Regalen hinter der Bar stürzten um. Dann schrie irgend jemand, und alles drängte plötzlich zur Tür.

»Hierbleiben«, befahl Mathis.

Er stieß seinen Stuhl zurück und sprang mit einem Satz durch den leeren Fensterrahmen auf die Straße.

6

Als Bond die Bar verließ, ging er den Bürgersteig des von Bäumen eingesäumten Boulevard entlang, um zu seinem nur wenige hundert Meter entfernten Hotel zu kommen. Er hatte Hunger.

Es war immer noch ein wunderschöner Tag; inzwischen brannte die Sonne jedoch sehr heiß, und nur die Platanen, die alle fünf oder sechs Meter auf dem Grasstreifen zwischen Bürgersteig und Fahrbahn standen, boten etwas Schatten.

Nur wenige Menschen waren auf der Straße, und die beiden Männer, die auf der anderen Straßenseite unbeweglich unter einem Baum standen, wirkten irgendwie unpassend.

Bond bemerkte sie bereits, als er noch hundert Meter von ihnen entfernt war, und von ihnen bis zu dem reich verzierten »Porte cochère« des Splendide mochten es noch einmal hundert Meter sein.

Die beiden Männer machten einen fast beunruhigenden Eindruck. Beide waren klein, und beide trugen dunkle und – wie Bond sich vorstellte – ziemlich warme Anzüge. Sie sahen aus wie Artisten, die auf den Bus zum Theater warteten. Beide trugen Strohhüte mit breitem, schwarzem Hutband, wahrscheinlich ein Zugeständnis an die Ferienatmosphäre des Ortes, und die Krempen der Hüte sowie der Schatten des Baumes, unter dem sie standen, verbargen ihre Gesichter. Völlig widersinnig hatte jede der beiden dunklen, vierschrötigen Gestalten einen auffallenden, leuchtenden Farbfleck an sich; beide trugen je einen in einer Bereitschaftstasche steckenden Fotoapparat, den sie über die Schulter gehängt hatten.

Und die eine Tasche war leuchtend rot, während die andere leuchtend blau war.

Bis Bond diese Einzelheiten in sich aufgenommen hatte, war er bis auf fünfzig Meter an die beiden herangekommen. Er dachte gerade an die äußerst vielfachen Waffen und an die Möglichkeit, sich vor ihnen zu schützen, als das Bild sich plötzlich auf ungewöhnliche und grauenhafte Weise schlagartig veränderte.

Der Mann mit der roten Tasche schien dem mit der blauen Tasche zuzunicken. Mit einer schnellen Bewegung nahm dieser den Riemen seiner blauen Tasche von der Schulter. Genau konnte Bond es zwar nicht beobachten, weil der Stamm des Baumes, an dem er gerade vorüberkam, ihm die Sicht nahm, aber der Mann mit der blauen Tasche beugte sich vornüber und schien an der Tasche herumzufummeln. Und in diesem Augenblick ertönte –

zugleich mit einem grellen Blitz – eine trommelfellzerreißende Explosion, und trotz des schützenden Baumstamms wurde Bond von der Gewalt des Luftdrucks auf den Bürgersteig geschleudert; der Druck prallte gegen Magen und Gesicht, und er hatte das Gefühl, daß sie aus Papier waren. Er blieb auf dem Pflaster liegen und starrte in die Luft. Um ihn herum dröhnte es, als hätte jemand mit einem Hammer auf die Baßtasten eines Klaviers geschlagen; wenigstens empfand er es so.

Als er sich – betäubt und fast unbewußt – aufrichtete, prasselte ein gespenstischer Regen von Fleischfetzen und blutgetränkten Stoffetzen, vermischt mit Zweigen und Kies, auf ihn und die Straße herunter. Ihm folgte ein Schauer kleiner Äste und Blätter. Von allen Seiten hörte man das scharfe Splittern von Glas. In der Luft stand eine schwarze Qualmwolke, die langsam höher stieg und sich auflöste, während er ihr verwirrt nachblickte. Es roch nach hochexplosivem Sprengstoff, nach brennendem Holz und nach – ja, das war es –, nach gebratenem Hammelfleisch. Auf einer Strecke von fünfzig Metern hatten die Bäume, die den Boulevard einfaßten, keine Blätter mehr, und teilweise waren sie angekohlt. Auf der anderen Straßenseite waren zwei Bäume dicht über dem Erdboden abgeknickt, und ihre Stämme lagen quer über der Fahrbahn; zwischen ihnen befand sich ein Krater, aus dem immer noch Rauch aufstieg. Von den beiden Männern mit den Strohhüten war nicht das geringste übriggeblieben.

Bond konnte nicht verhindern, daß er sich übergab.

Mathis war der erste, der bei ihm war, und da stand Bond bereits wieder aufrecht, den einen Arm um den Baumstamm gelegt, der ihm das Leben gerettet hatte.

Benommen, aber sonst unverletzt, ließ er sich von Mathis zum Splendide führen, aus dem Gäste und Personal, verstört und aufgeregt redend, herausströmten. Als das ferne Schrillen der Klingeln die Ankunft der Krankenwagen und Feuerwehren anzeigte, schoben sie sich gerade durch die Menschenmenge, stiegen die kleine Treppe des Eingangs hoch und gingen über den Korridor zu Bonds Zimmer.

Mathis blieb nur kurz stehen, um das Radio vor dem Kamin anzustellen, und während Bond seinen verschmutzten Anzug auszog, überschüttete der Franzose ihn mit Fragen.

Als Bond die beiden Männer beschrieben hatte, riß Mathis den Hörer von der Gabel des auf dem Nachttisch stehenden Telefons.

»... und sagen Sie der Polizei«, so schloß er das Gespräch, »sagen Sie den Leuten, daß der aus Jamaika stammende Engländer, der von dem Luftdruck umgeworfen wurde, nur mich etwas angeht. Er ist unverletzt, und sie brauchten sich um ihn keine Sorgen zu machen. In einer halben Stunde werde ich alles selbst erklären. Der Presse soll mitgeteilt werden, daß es sich anscheinend um eine Auseinandersetzung zwischen zwei bulgarischen Kommunisten handelte und daß der eine den anderen mit einer Bombe erledigte. Der dritte Bulgare, der sich irgendwo in der Nähe aufgehalten haben muß, braucht nicht erwähnt zu werden; wir müssen ihn jedoch um jeden Preis erwischen. Er wird bestimmt versuchen, nach Paris zu kommen. Also überall Straßensperren. Verstanden? Alors, bonne chance!«

Mathis wandte sich wieder an Bond und hörte ihm weiter zu.

»Verdammt – aber Sie haben noch Glück gehabt«, sagte er schließlich, als Bond fertig war. »Die Bombe war für Sie bestimmt, das ist klar. Irgend etwas muß nicht geklappt haben. Die beiden wollten sicher die Bombe schmeißen und sich dann hinter dem Baumstamm verstecken; aber dann kam es genau umgekehrt. Na schön. Wir werden schon dahinterkommen.« Er schwieg einen Augenblick. »Aber komisch ist die Geschichte trotzdem. Und die Leute scheinen Sie sehr ernst zu nehmen.« Mathis machte ein beleidigtes Gesicht. »Aber wie wollten diese verdammten Bulgaren eigentlich entwischen? Und was hatten die rote und die blaue Tasche zu bedeuten? Wir müssen versuchen, irgendwelche Reste der roten Tasche zu finden.«

Mathis kaute auf seinen Fingernägeln. Er war aufgeregt, und seine Augen funkelten. Diese Geschichte wuchs sich zu einer scheußlichen und hochdramatischen Angelegenheit aus, in die er jetzt in verschiedener Hinsicht persönlich verwickelt war. Mit Sicherheit ging es nicht mehr allein darum, Bonds Mantel zu halten, solange dessen Privatauseinandersetzung mit Le Chiffre im Kasino dauerte. Mathis sprang auf.

»Sie bestellen sich jetzt einen Drink sowie ein anständiges Mittagessen und legen sich dann hin«, ordnete er an. »Ich muß meine Nase möglichst schnell in diese Angelegenheit stecken, bevor die Polizei mit ihren schweren Stiefeln auch die letzten Reste der Spur zertrampelt hat.«

Mathis stellte das Radio ab und winkte Bond freundschaftlich zu. Die Tür fiel krachend ins Schloß, und dann herrschte Stille im Zimmer. Bond blieb eine Zeitlang am Fenster sitzen und genoß es, noch am Leben zu sein.

Als Bond später das erste Glas Whisky »on the rocks« getrunken hatte und sich beschaulich mit dem Paté de fois gras sowie der kalten Languste beschäftigte, die der Kellner auf seinen Teller gelegt hatte, läutete das Telefon.

»Hier ist Mademoiselle Lynd.« Die Stimme klang leise und besorgt. »Wie geht es Ihnen?«

»Danke, gut.«

»Das freut mich. Bitte – passen Sie auf sich auf.« Und dann war der Hörer schon wieder aufgelegt worden.

Bond schüttelte nachdenklich den Kopf, griff dann nach dem Messer und suchte sich die dickste Scheibe Toast aus.

Plötzlich dachte er: Zwei sind also tot, und ich habe noch einen weiteren Verbündeten – für den Anfang nicht schlecht.

Er tauchte das Messer in das Glas mit dem sehr heißen Wasser, das neben der Terrine aus Straßburger Steingut stand, und nahm sich vor, dem Kellner für diese ausgezeichnete Mahlzeit das doppelte Trinkgeld zu geben.

7

Bond war entschlossen, das Kasino an diesem Abend völlig fit und ausgeruht zu betreten, denn das Spiel konnte vielleicht durch die ganze Nacht gehen. Für drei Uhr bestellte er den Masseur. Als das Geschirr seines Mittagessens abgeräumt war, setzte er sich wieder ans Fenster und blickte auf das Meer hinaus, bis es klopfte und der Masseur, ein Schwede, sich vorstellte.

Schweigend machte sich der Mann an die Arbeit, Bonds Körper vom Nacken bis zu den Füßen durchzukneten, die verkrampften Muskeln des Körpers zu lockern und die immer noch vibrierenden Nerven zu beruhigen. Selbst die langen, purpurroten Schrammen auf Bonds linker Schulter und Seite hörten auf zu pochen, und als der Schwede gegangen war, fiel Bond sofort in einen tiefen, traumlosen Schlaf.

Gegen Abend wachte er, völlig erfrischt, wieder auf.

Nach einer kalten Dusche ging Bond in das Kasino hinüber. Seit der vergangenen Nacht hatte er seine Unsicherheit restlos verloren. Für ihn war es notwendig gewesen, erst einmal jenes Gefühl wiederzuerlangen, das zu einem Teil mathematisch, zum anderen Teil jedoch rein intuitiv ist; denn Bond wußte genau, daß dieses Gefühl — zusammen mit ruhigem Blut und dem Temperament eines Sanguinikers — zu den wichtigsten Vorbedingungen für einen Spieler gehört, der unbedingt gewinnen will.

Bond war immer ein Spieler gewesen. Er liebte das trockene Geräusch des Kartenmischens und das fortwährende, beiläufige Drama der stillen Figuren, die auf dem grünen Tuch der Tische lagen. Er liebte die deutlich spürbare und auch beabsichtigte Behaglichkeit der Spielzimmer und Kasinos, die gutgepolsterten Armlehen der Stühle, das Glas Champagner oder Whisky, das neben einem stand, und die stille, unaufdringliche Aufmerksamkeit guter Kellner. Die Unparteilichkeit der Roulettekugel und der Karten — und nicht zuletzt ihre ewige Voreingenommenheit — amüsierten ihn. Er liebte es, Schauspieler und Zuschauer zugleich zu sein und von seinem Platz aus an den Dramen und Entschei=

dungen anderer Menschen teilzunehmen, bis die Reihe an ihm war, bei einer allgemeinen Chance von fünfzig zu fünfzig das entscheidende »Ja« oder »Nein« zu sagen.

Vor allem aber liebte er die Vorstellung, daß alles bei jedem Einzelnen lag. Nur sich selbst konnte man loben oder die Schuld zuschieben. Das Glück war ein Diener und nicht der Herr. Man mußte es entweder mit einem Schulterzucken akzeptieren oder bis zum letzten ausnützen. Man mußte jedoch begreifen und erkennen, was es im Grunde war, und es nicht mit einer völlig falschen Wertung irgendwelcher anderer Dinge vermengen, denn beim Spiel bedeutet es eine tödliche Sünde, das eigene schlechte Spiel für Pech zu halten. Das Glück in allen Spielarten mußte man lieben und nicht fürchten. Für Bond war das Glück eine Frau, die entweder zärtlich umworben, oder aber brutal genommen, niemals jedoch verkuppelt oder überzeugt werden wollte. Trotzdem war er ehrlich genug zuzugeben, daß es weder dem Spiel noch den Frauen bisher gelungen war, ihn von sich abhängig zu machen. Eines Tages – und mit dieser Tatsache hatte er sich abgefunden –, eines Tages würde Liebe oder Glück auch ihn auf die Knie zwingen, und dann würde auch er von jenem todbringenden Fragezeichen gebrandmarkt sein, das er so oft schon bei anderen gesehen hatte: dem Versprechen des Bezahlens, bevor man überhaupt verloren hat – der Unterwerfung also unter die Fehlbarkeit.

Als Bond an diesem Juniabend in den Salle privée ging, war er von Vertrauen und freudiger Erwartung erfüllt, so daß er eine Million Francs in Chips zu je fünfzigtausend Francs einwechselte und sich an den Roulettetisch Nr. 1 neben den Chef de partie setzte.

Bond ließ sich die Permanenzen geben und studierte den Lauf, den die Kugel seit Beginn des heutigen Spiels genommen hatte, also seit drei Uhr nachmittags. Das tat er immer, obgleich er genau wußte, daß jede Drehung der Scheibe und jede Nummer, in die die Kugel dann gefallen war, nicht das geringste mit der vorigen zu tun hatte. Er hatte nichts dagegen, daß das Spiel jedesmal von neuem begann, sobald der Croupier die Elfenbeinkugel mit der rechten Hand aufnahm, das Roulette mit einem leisen Stoß der gleichen Hand gegen eine der vier Speichen im Uhrzeigersinn in Bewegung setzte und mit einer dritten Bewegung der rechten Hand die Kugel gegen den Uhrzeigersinn und damit gegen die Bewegung des Roulettes auf den Außenrand der Scheibe warf.

Es war klar, daß dieses Ritual und die ganze mechanische Genauigkeit der Scheibe, der numerierten Löcher und des Zylinders im Verlauf der Jahre weiterentwickelt und vervollkommnet worden waren, so daß weder die Geschicklichkeit des Croupiers noch irgendeine Neigung des Rades den Lauf der Kugel beeinflussen konnten. Und doch herrscht bei allen Roulettespielern das stillschweigende Übereinkommen – das auch Bond streng einhielt –, sich die Permanenzen jedesmal genau anzusehen und sich irgendwelche Besonderheiten des Spiels zu merken.

Bond verteidigte diese Praxis nicht. Er war lediglich der Ansicht, daß man am meisten vom Spiel hatte, wenn man möglichst viel Mühe und möglichst viele Einfälle hineinsteckte.

An den Permanenzen dieses Tisches, an dem seit drei Stunden gespielt wurde, konnte Bond nichts besonders Interessantes entdecken, abgesehen vielleicht davon, daß das letzte Dutzend Spiele ungünstig gewesen war. Er hatte die Angewohnheit, immer mit dem Roulette zu spielen und sein bisheriges System nur dann zu ändern und ein neues anzufangen, wenn Zero gefallen war. Deshalb entschloß er sich jetzt, eines seiner Lieblingssysteme zu spielen, mit dem er mit Ausnahme des Zero zwei Drittel der Zahlen belegte; auf diese Weise konnte er bei jeder Zahl, die kleiner war als 25, hunderttausend Francs gewinnen.

Nach sieben Spielen hatte er sechsmal gewonnen. Das siebte hatte er verloren, weil die 30 kam. Sein Nettogewinn betrug also eine halbe Million Francs. Beim achten Spiel setzte er aus. Zero gewann. Dieser Glücksfall spornte ihn an, so daß er das erste und das letzte Dutzend belegte, bis er zweimal verlor. Zehn Spiele später kam das mittlere Dutzend zweimal hintereinander, was ihn vierhunderttausend Francs kostete; als er dann jedoch vom Spiel aufstand, hatte er insgesamt elfhunderttausend Francs gewonnen.

Kaum hatte Bond angefangen, Maximum zu setzen, war er am Tisch zum Mittelpunkt des Interesses geworden. Und als er Glück zu haben schien, hängten sich sofort zwei oder drei Pilotenfische an den Hai. Unmittelbar ihm gegenüber saß einer von ihnen, den Bond für einen Amerikaner hielt und der mehr als die üb=liche Freundlichkeit und Freude wegen seiner Teilnahme an die=ser Gewinnsträhne gezeigt hatte. Einmal oder zweimal hatte er Bond über den Tisch hinweg zugelächelt, und an der Art, in der er Bond nachahmte und seine beiden bescheidenen Chips von je zehntausend Francs genau gegenüber von Bonds erheblich größe=ren legte, war irgend etwas Bestimmtes. Als Bond sich schließlich erhob, schob auch der angebliche Amerikaner seinen Stuhl zu=rück und rief vergnügt über den Tisch hinweg: »Vielen Dank, daß Sie mich mitgenommen haben. Wahrscheinlich schulde ich Ihnen jetzt einen Drink – machen Sie mit?«

Bond hatte das Gefühl, daß dies der CIA=Mann sein könne. Er wußte, daß er recht hatte, als sie gemeinsam zur Bar hinüber=schlenderten, nachdem Bond dem Croupier einen Chip von zehn=tausend hinübergeworfen und dem »Huissier«, der seinen Stuhl abgerückt hatte, einen Chip von tausend gegeben hatte.

»Mein Name ist Felix Leiter«, sagte der Amerikaner. »Ich freue mich, Sie kennenzulernen.«

»Ich heiße Bond – James Bond.«

»Dann wollen wir also einmal sehen, womit wir das Ereignis feiern«, sagte Bonds Begleiter.

Bond bestand darauf, Leiters Haig=and=Haig »on the rocks« zu bestellen, und blickte dann den Barmann prüfend an.

»Einen trockenen Martini«, sagte er. »Nur einen – in einem Sektkelch.«

»Oui, Monsieur.«

»Einen Moment. Dazu drei Maß Gordon's, ein Maß Wodka und ein halbes Maß Kina Lillet. Das Ganze gründlich durch=

schütteln, bis es eiskalt ist, und eine dünne Scheibe Zitronenschale dazu. Mitgekommen?«

»Gewiß, Monsieur.« Dem Barmann schien das Rezept Spaß zu machen.

»Menschenskind, wenn das nicht schmeckt«, sagte Leiter.

Bond lachte. »Wenn ich mich – äh – konzentriere«, erklärte er, »trinke ich vor dem Abendessen nie mehr als ein Glas – das aber groß, sehr kräftig, sehr kalt und ordentlich gemacht. Für mich gibt es nichts Schlimmeres als kleine Portionen – ganz egal, um was es sich handelt. Dieser Drink ist ein selbsterfundenes Rezept. Ich werde es patentieren lassen, sobald ich einen guten Namen gefunden habe.«

Er sah aufmerksam zu, wie das tiefe Glas sich beschlug, als die blaßgoldene Flüssigkeit hineingegossen wurde, in dem noch einzelne Luftbläschen aufstiegen, die aus dem Shaker stammten. Dann hob er es hoch und nahm einen großen Schluck.

»Ausgezeichnet«, sagte er zu dem Barmann. »Aber wenn Sie dazu einen Wodka nehmen, der nicht aus Kartoffeln, sondern aus Getreide hergestellt ist, werden Sie merken, daß er noch besser schmeckt.«

»Mais n'enculons pas des mouches«, fügte er für den Barmann noch hinzu. Der grinste. »Das ist eine vulgäre Umschreibung des Ausdrucks: keine Haarspalterei!« erklärte Bond.

Leiter war jedoch immer noch mit Bonds Drink beschäftigt. »Phantasie haben Sie«, sagte er vergnügt, als sie sich mit den Gläsern in eine Ecke des Raumes verzogen. Dann dämpfte er seine Stimme. »Wie wäre es, wenn Sie das Zeug ›Molotow-Cocktail‹ nennten – nachdem Sie heute nachmittag ja schon einen serviert bekamen?«

Sie setzten sich. Bond lachte. »Ich sehe schon, die mit X markierte Stelle ist abgesperrt, alle Wagen müssen einen kleinen Umweg über den Bürgersteig machen. Ich hoffe nur, daß die Leute mit den großen Brieftaschen es nicht mit der Angst bekommen und wegbleiben.«

»Die Leute werden entweder die Kommunistengeschichte glauben oder aber annehmen, eine Gasleitung wäre explodiert. Die verbrannten Bäume werden noch heute abend beseitigt, und wenn es hier so ähnlich zugeht wie in Monte Carlo, wird man morgen von den ganzen Scherben nicht das geringste mehr sehen.«

Leiter schüttelte eine Chesterfield aus der Packung. »Ich freue mich, daß ich bei dieser Geschichte mit Ihnen zusammenarbeite«, sagte er und blickte dabei in sein Glas. »Deshalb bin ich besonders froh, daß man Sie vorhin nicht in die Luft geblasen hat. Unsere Leute sind übrigens äußerst interessiert. Man hält es für genauso wichtig wie bei Ihnen und keineswegs für irgendwie verrückt. Im Grunde ist Washington ziemlich betrübt, daß wir die Sache nicht selbst machen; aber Sie wissen wohl selbst, wie die da oben so sind. In London wird es wahrscheinlich nicht anders sein.«

Bond nickte. »Ja, eifersüchtig auf jeden Erfolg, den die anderen haben könnten«, stimmte er zu.

»Jedenfalls bin ich Ihnen unterstellt worden, und ich soll Ihnen jede geforderte Hilfe geben. Da Mathis und seine Jungs schon hier sind, werden sie sich wohl schon um alles gekümmert haben. Jedenfalls stehe ich zu ihrer Verfügung.«

»Darüber bin ich sehr froh«, sagte Bond. »Der Gegner hat mich bereits aufgestöbert; mit Ihnen und Mathis wird es nicht viel anders sein. Am meisten freut mich aber, daß Le Chiffre tatsächlich so desperat ist, wie wir bereits annahmen. Ich fürchte zwar, daß ich für Sie keine speziellen Aufträge habe, wäre Ihnen jedoch dankbar, wenn Sie heute abend ebenfalls im Kasino sein könnten. Ich habe noch eine Gehilfin, eine Miss Lynd, und möchte sie Ihnen gern anvertrauen, wenn das Spiel beginnt. Sie brauchen aber keine Angst zu haben – Miss Lynd sieht sehr gut aus.« Er lächelte Leiter an. »Und außerdem können Sie sich etwas um die beiden Pistolenmänner kümmern. Ich kann mir zwar nicht vorstellen, daß es zu einem Krach kommen wird, aber wissen kann man es nicht.«

»Dabei könnte ich Ihnen vielleicht eine kleine Hilfe sein«, sagte Leiter. »Bevor ich in diese Geschichte überwechselte, war ich aktiv beim Marine-Corps – falls Ihnen das etwas sagt.« Er blickte Bond beinahe abbittend an.

»Das tut es allerdings«, sagte Bond.

Es stellte sich dann heraus, daß Leiter aus Texas stammte. Während er von seiner Aufgabe beim Joint-Intelligence-Staff der NATO und den Schwierigkeiten erzählte, für die Sicherheit einer Organisation zu sorgen, in der derartig viele Nationen vertreten waren, kam Bond zu dem Schluß, daß gute Amerikaner großartige Leute wären und daß die meisten anscheinend aus Texas stammten.

Felix Leiter war etwa fünfunddreißig Jahre alt. Er war groß, hatte eine hagere, knochige Figur, und das Jackett seines leichten hellbraunen Anzugs hing ihm genauso locker von den Schultern wie bei Frank Sinatra. Seine Bewegungen und seine Sprechweise waren langsam, aber man hatte das Gefühl, daß Schnelligkeit und Kraft in seinem Körper steckten und daß er ein zäher, grausamer Kämpfer sein konnte. Während er vorgebeugt am Tisch saß, schien er eine gewisse Ähnlichkeit mit einem Falken zu haben. Dieser Eindruck lag nicht nur in seinem Gesicht, sondern auch in der Schärfe seines Kinns, in den Backenknochen und in dem breiten, schmallippigen Mund. Seine grauen Augen ähnelten denen einer Katze, und dieser Eindruck wurde noch durch seine Angewohnheit verstärkt, sie vor dem Rauch der Chesterfield zusammenzukneifen, die er – eine nach der anderen – aus der Packung herausklopfte. Die winzigen Falten, die sich durch diese Angewohnheit in den Augenwinkeln gebildet hatten, schienen anzudeuten, daß er mehr mit den Augen als mit dem Mund lachte. Ein Büschel strohblonder Haare gab seinem Gesicht einen jungenhaften Eindruck, der jedoch beim näheren Hinsehen völlig verschwand. Obgleich er völlig offen über seine Aufgaben in Paris zu sprechen schien, stellte Bond doch sehr bald fest, daß Leiter weder seine amerikanischen Kollegen in Europa noch die in Washington erwähnte, und so nahm er an, daß Leiter die Interessen seiner eigenen Organisation für weit höherstehend hielt als die Interessen der NATO-Verbündeten.

Leiter hatte inzwischen einen weiteren Whisky getrunken, und Bond hatte ihm von dem Ehepaar Muntz sowie von seiner kurzen Erkundungsfahrt an der Küste entlang berichtet; und als es halb sechs geworden war, beschlossen sie, gemeinsam zu ihrem Hotel hinüberzugehen. Bevor sie das Kasino verließen, hinterlegte Bond sein gesamtes Kapital von vierundzwanzig Millionen Francs an der Kasse und behielt nur ein paar Zehntausend-Francs-Scheine als Taschengeld.

Als sie langsam zum Splendide gingen, sahen sie, daß bereits eine Gruppe von Arbeitern an der Explosionsstelle tätig war. Mehrere Bäume waren samt den Wurzeln entfernt worden, und mit den Schläuchen von drei städtischen Wasserwagen wurden Fahrbahn und Bürgersteig gerade gereinigt. Der Bombenkrater war bereits verschwunden, und nur wenige Passanten blieben für einen kurzen Augenblick stehen. Bond nahm an, daß ähnliche Schönheitsoperationen bereits am Hermitage sowie an jenen Geschäften und Häuserfronten vorgenommen worden waren, deren Fenster zersplittert waren.

In der warmen blauen Dämmerung sah Royale-les-Eaux wieder ordentlich und friedlich aus.

»Für wen arbeitet eigentlich der Portier?« fragte Leiter, als sie sich dem Hotel näherten. Bond wußte es nicht und sagte es auch.

Mathis hatte ihm auch keine Klarheit verschaffen können. »Wenn man ihn nicht selbst kauft«, hatte er gesagt, »muß man immer damit rechnen, daß die Gegenseite ihn gekauft hat. Jeder Portier ist käuflich. Man hat sie dazu erzogen, in jedem Hotelgast einen möglichen Betrüger oder Dieb zu sehen – abgesehen allein von den Maharadschas. Die Behaglichkeit und das Befinden der Gäste interessiert sie nicht mehr, als es ein Krokodil interessiert.«

An diese Bemerkung von Mathis mußte Bond denken, als der Portier herangeschossen kam, um sich zu erkundigen, ob er sich von dem höchst unerfreulichen Erlebnis bereits wieder erholt hätte. Bond hielt es für richtig zu sagen, daß er sich immer noch etwas zitterig fühle, weil er hoffte, daß diese Auskunft Le Chiffre noch darin bestärken würde, heute abend auf jeden Fall mit dem Spiel anzufangen — in der falschen Beurteilung der gegnerischen Stärke. Der Portier erging sich in öligen Hoffnungen für Bonds baldige Genesung.

Leiters Zimmer lag in einem der oberen Stockwerke, und deshalb trennten sie sich vor dem Fahrstuhl, nachdem sie abgemacht hatten, sich zwischen halb elf und elf — der üblichen Zeit, zu der das große Spiel begann — zu treffen.

8

Bond ging in sein Zimmer, das wiederum keine Spuren einer Durchsuchung zeigte, kleidete sich aus, nahm ein ausgiebiges heißes Bad, dem eine eiskalte Dusche folgte, und legte sich dann auf sein Bett. Eine Stunde blieb ihm jetzt noch, um sich auszuruhen und seine Gedanken zu sammeln, bevor er sich mit dem Mädchen in der Bar des Splendide treffen würde: eine Stunde, um die Einzelheiten seiner Pläne für die Zeit vor und nach dem Spiel genau zu prüfen, alle nur möglichen Situationen eines Sieges oder der Niederlage. Außerdem mußte er auch die Nebenrollen für Mathis, Leiter und das Mädchen festlegen und die Reaktionen voraussehen, die der Gegner in den verschiedenen Situationen zeigen würde. Er schloß die Augen, und die Gedanken folgten seiner Phantasie durch eine Folge sorgfältig aufgebauter Szenen, als beobachtete er die sich immer wieder neu zusammensetzenden Glasscherben eines Kaleidoskops.

Um zwanzig vor neun hatte er alle Wahrscheinlichkeiten erschöpft, die sich aus seinem Duell mit Le Chiffre ergeben konnten. Er erhob sich, kleidete sich an und wendete keinen Gedanken mehr auf die nächste Zukunft.

Als er die dünne schwarze Seidenschleife band, hielt er einen Augenblick inne und betrachtete prüfend sein Gesicht, das ihm aus dem Spiegel entgegenblickte. Seine graublauen Augen sahen ihn ruhig, wenn auch mit leise fragender Ironie an, und die kleine Locke seines schwarzen Haares, die nie anlag, rutschte wieder langsam in die Stirn und bildete über der rechten Augen=braue ein dickes Komma. Mit der kaum sichtbaren, waagerechten Narbe auf der rechten Backe machte er beinahe den Eindruck eines Piraten. Von Hoagy Carmichael ist nicht viel zu sehen, dachte Bond, als er schließlich ein flaches Stahletui mit fünfzig seiner Morland=Zigaretten füllte; Mathis hatte ihm verraten, was das Mädchen gesagt hatte.

Er steckte das Etui in die Tasche und ließ das schwarzoxydierte Feuerzeug schnappen, um zu sehen, ob es gefüllt werden mußte. Nachdem er das flache Bündel der Zehntausend=Francs=Noten eingesteckt hatte, zog er eine Schublade auf, holte ein Schulter=halfter aus leichtem Ziegenleder heraus und streifte es über die Schulter, so daß es einige Zentimeter unter seiner Achsel hing. Dann holte er unter den Hemden, die in einer anderen Schub=lade lagen, eine auffallend flache Beretta=Pistole Kaliber fünf=undzwanzig hervor, die einen Rahmengriff hatte. Er nahm das Magazin heraus, ließ auch die schon im Lauf steckende Patrone herausfallen, und dann probierte er mehrere Male den Mecha=nismus aus, indem er immer wieder den Abzug der leeren Pistole durchdrückte. Schließlich schob er das Magazin wieder hinein, lud einmal durch, legte den Sicherungsflügel um und ließ die Pistole in die schmale Tasche des Halfters fallen. Sorgfältig sah er sich im Zimmer um, ob er auch nichts vergessen hatte, und zog dann das einreihige Dinnerjackett über das Hemd aus schwerer Seide. Er fühlte sich kühl und erfrischt. Er vergewisserte sich im Spiegel, daß das Schulterhalfter unter dem Jackett nicht zu sehen war, zog noch einmal den Querbinder zurecht, verließ dann das Zimmer und schloß die Tür hinter sich zu.

Als er sich am Fuß der kurzen Treppe zur Bar wandte, hörte er, daß hinter ihm die Lifttür aufging und eine kühle Stimme »Guten Abend!« sagte.

Es war das Mädchen. Sie stand da und wartete darauf, daß er zu ihr käme.

Er konnte sich an ihre Schönheit noch haargenau erinnern; und deshalb war er auch nicht überrascht, daß sie ihn wiederum begeisterte.

Ihr Kleid war aus schwarzem Samt, ganz schlicht und doch mit einem Hauch von Eleganz, den auf der ganzen Welt nur ein halbes Dutzend Modekünstler fertigbringt. Um ihren Hals lag ein schmales Brillantkollier, und an dem tiefen Ausschnitt, der den vollen Ansatz ihres Busens gerade freigab, steckte ein Bril=lantclip. Sie trug eine schlichte schwarze Abendhandtasche bei sich, die sehr flach und rechteckig war und die sie jetzt mit abgewinkeltem Arm an die Hüfte preßte. Ihr pechschwarzes Haar fiel gerade und schlicht herunter, und erst in der Höhe des Kinns bog es sich in eine abschließende Welle.

Sie sah großartig aus, und Bonds Herz hämmerte.

»Bezaubernd sehen Sie aus. In der Radio=Branche scheinen die Geschäfte ausgezeichnet zu gehen.«

Sie hakte sich bei ihm ein. »Haben Sie etwas dagegen, wenn wir gleich zum Abendessen gehen?« fragte sie. »Ich möchte nämlich einen großen Auftritt haben, und die Wahrheit ist, daß schwarzer Samt ein großes Geheimnis hat: Er bekommt beim Sitzen nämlich Falten, und falls Sie mich irgendwann durch=dringend schreien hören, dann wissen Sie, daß ich mich auf einen Rohrstuhl gesetzt habe.«

Bond lachte. »Meinetwegen – gehen wir. Während wir das Essen bestellen, werden wir ein Glas Wodka trinken.«

Sie sah ihn amüsiert an, und sofort verbesserte er sich. »Oder natürlich einen Cocktail, wenn Sie mögen. In ganz Royale ißt man übrigens nicht annähernd so gut wie hier.«

Für einen winzigen Augenblick spürte er einen leichten Ärger über die leise Ironie, über den flüchtigen Schatten einer Zurecht=weisung, mit dem sie auf seinen Beschluß reagiert hatte – und auch über die Art, in der er sich auf ihren Blick hin sofort ver=bessert hatte.

Aber schließlich war es gar nicht so wichtig, und als der Maître d'hôtel sie mit vielen Verbeugungen durch den dichtbe=

setzten Raum führte, war es bereits wieder vergessen, denn Bond, der dicht hinter ihr herging, beobachtete, wie die Köpfe der Gäste sich nach ihr umdrehten.

Der moderne Teil des Restaurants lag hinter dem halbrunden Fensterbogen und ragte wie die Kommandobrücke eines Schiffs über die Gartenanlagen des Hotels hinaus; Bond hatte jedoch einen Tisch ausgesucht, der in einer mit Spiegeln ausgelegten Nische im Hintergrund des großen Raumes stand. Diese Nischen stammten noch aus früheren Zeiten und waren nicht nur etwas abgeschlossener, sondern wirkten auch in ihrem Weiß und Gold sehr heiter; außerdem hatten sie Tisch- und Wandlampen mit roten Seidenschirmen im Stil des späten Empire.

Während sie noch die roten Buchstaben der Speisekarte entzifferten, die aus zwei Folioseiten bestand, nickte Bond dem »Sommelier« zu. Dann wandte er sich an seine Begleiterin.

»Haben Sie sich schon entschieden?«

»Ich würde sehr gern ein Glas Wodka trinken«, sagte sie nur und machte sich dann wieder an das Studium der Speisekarte.

»Eine kleine Karaffe Wodka, eiskalt«, bestellte Bond. Unvermittelt sagte er zu ihr: »Ich kann nicht auf das Wohl Ihres neuen Kleides trinken, wenn ich nicht Ihren Vornamen weiß.«

»Ich heiße Vesper«, sagte sie »Vesper Lynd.«

Bond sah sie fragend an.

»Es ist ziemlich langweilig, es immer wieder erklären zu müssen, aber ich wurde abends geboren, an einem sehr stürmischen Abend sogar – wenigstens behaupten meine Eltern es. Anscheinend wollten sie sich immer daran erinnern.« Sie lächelte. »Einigen Leuten gefällt der Name, anderen nicht. Ich habe mich langsam daran gewöhnt.«

»Ich finde ihn schön«, sagte Bond. Plötzlich kam ihm ein Gedanke. »Würden Sie ihn mir leihen?« Er erklärte ihr die Geschichte mit dem von ihm selbst erfundenen Martini und seine Suche nach einem passenden Namen. »Vesper«, sagte er nachdenklich. »Das klingt wunderbar und sehr passend zu der blauen

Stunde, in der mein Cocktail jetzt in der ganzen Welt getrunken wird. Kann ich ihn haben?«

»Wenn ich ihn probiert habe«, versprach sie. »Es klingt nach einem Drink, auf den man stolz sein kann.«

»Wir werden ihn ausprobieren, wenn wir diese Geschichte hinter uns haben«, sagte Bond. »Ganz egal, ob als Verlierer oder Sieger. Aber haben Sie jetzt entschieden, was Sie essen möchten? Bitte nicht billig«, fügte er noch hinzu, als er ihr Zögern spürte, »oder ich übersehe ab sofort Ihr bezauberndes Kleid.«

»Ich hatte mir zwei Sachen ausgesucht«, sagte sie lachend, »und beides hätte wunderbar geschmeckt, aber hin und wieder den Millionär zu spielen, ist genauso wunderbar, und wenn Sie überzeugt sind ... Also gut: Zuerst möchte ich Kaviar haben, und dann ein gegrilltes ›Rognon de veau‹ mit ›Pommes soufflés‹. Und dann möchte ich gern ›Fraises des bois‹ mit einem Berg Sahne haben. Ist es sehr schamlos, wenn man so genau weiß, was man essen möchte, und wenn die Sachen dann auch noch so teuer sind?« Fragend lächelte sie ihn an.

»Es ist eine Tugend, und außerdem ist es lediglich ein einfaches, gutes und keineswegs ungewöhnliches Essen.« Er wandte sich an den Maître d'hôtel. »Und bitte sehr viel Toast.«

»Die Schwierigkeit bei diesen Dingen ist nämlich immer«, erklärte er Vesper, »daß man zwar genügend Kaviar, aber nicht genügend Toast dazu bekommt.« Dann studierte er wieder die Speisekarte. »Bei dem Kaviar werde ich Mademoiselle Gesellschaft leisten. Dann aber möchte ich ein sehr kleines ›Tournedos‹ haben, nicht zu gar, mit ›Sauce Béarnaise‹ und einem ›Cœur d'artichaut‹. Während Mademoiselle ihre Erdbeeren genießt, werde ich eine halbe Muskatellerbirne mit Beilagen nehmen. Sind Sie damit einverstanden?«

Der Maître d'hôtel verbeugte sich.

»Mein Kompliment, Mademoiselle und Monsieur. Monsieur George!« Er wandte sich an den Sommelier und wiederholte diesem die beiden Bestellungen.

»Parfait«, sagte der Sommelier und legte die ledergebundene Weinkarte auf den Tisch.

»Wenn Sie damit einverstanden sind«, sagte Bond, »möchte ich mit Ihnen heute abend Champagner trinken. Es ist ein fröhlicher Wein, und er paßt zu dieser Gelegenheit – wie ich hoffe«, fügte er noch hinzu.

»Doch, ich würde auch gern Champagner trinken«, sagte sie.

Mit dem Finger zwischen den Seiten sagte Bond zu dem Sommelier: »Ein fünfundvierziger Taittinger?«

»Ein sehr schöner Wein, Monsieur«, sagte der Sommelier. »Aber wenn Monsieur erlauben ...« Er deutete mit dem Bleistift in die Weinkarte. »Der dreiundvierziger Blanc de Blanc Brut aus der gleichen Kellerei ist unvergleichbar.«

Bond lächelte. »Also gut«, sagte er. »Die Kellerei ist zwar nicht so sehr bekannt«, erklärte er dann seiner Begleiterin, »aber wahrscheinlich ist es der beste Champagner, den es überhaupt gibt.« Plötzlich mußte er über die Großspurigkeit seiner Behauptung lächeln.

»Verzeihen Sie«, sagte er. »Aber ich habe ein lächerliches Interesse für alles, was ich esse und trinke. Zum Teil kommt es daher, daß ich Junggeselle bin, zum größten Teil jedoch von der Angewohnheit, sich immer mit winzigen Details herumschlagen zu müssen. Es ist zwar pinselig und altjüngferlich, aber wenn ich irgendeinen Auftrag habe, muß ich meistens allein essen, und alles ist viel interessanter, wenn man sich etwas Mühe damit gibt.«

Vesper lächelte ihn an. »Mir gefällt es« sagte sie. »Wenn ich etwas tue, tue ich es gründlich, um mehr davon zu haben. Ich halte es für die richtige Art zu leben. Aber es klingt bestimmt sehr schulmädchenhaft«, fügte sie entschuldigend hinzu.

Die kleine Karaffe mit Wodka war in einer Schale mit zerkleinerten Eisstückchen auf den Tisch gestellt worden, und Bond goß ein.

»Ich wenigstens bin vollkommen Ihrer Meinung«, sagte er. »Also: viel Glück für heute abend, Vesper.«

»Viel Glück«, sagte das Mädchen ruhig, als es das kleine Glas hochhob und ihm mit einer merkwürdig unmittelbaren Offenheit in die Augen blickte. »Ich hoffe, daß alles gut geht.«

Bond hatte den Eindruck, als hätte sie bei diesen Worten unwillkürlich leicht die Schultern hochgezogen; aber dann beugte sie sich impulsiv zu ihm herüber.

»Ich habe Ihnen übrigens Neuigkeiten von Mathis zu erzählen. Eigentlich wollte er es Ihnen unbedingt selbst sagen. Es handelt sich um die Bombengeschichte – eine phantastische Geschichte!«

9

Bond drehte sich um, aber niemand konnte ihnen zuhören, und der Kaviar mußte sicher noch warten, bis der Toast fertig war.

»Erzählen Sie.« Seine Augen funkelten vor Interesse.

»Man hat den dritten Bulgaren erwischt, auf dem Weg nach Paris. Er hatte einen Citroën, und um sich zu decken, hatte er zwei Engländer mitgenommen, die an der Straße standen. Als er angehalten wurde, fiel sein schlechtes Französisch auf, so daß man seine Papiere sehen wollte; statt dessen zog er seine Pistole und schoß einen Beamten der Motorradstreife nieder. Aber der zweite überwältigte ihn irgendwie und hinderte ihn auch, Selbstmord zu begehen. Dann wurde er nach Rouen gebracht, und man holte die ganze Geschichte aus ihm heraus – wahrscheinlich mit den üblichen französischen Methoden.

Offensichtlich gehörten alle drei zu einer Gruppe, die in Frankreich für diese Art Aufgaben bereitgehalten wird – für Sabotagen, Schlägereien und so weiter –, und Mathis' Kollegen sind bereits dabei, die übrigen auszuheben. Für Ihre Ermordung sollten sie zwei Millionen Francs bekommen, und der Mann, der ihnen den Auftrag überbrachte, hatte ihnen gesagt, daß sie keinesfalls dabei geschnappt würden, wenn sie seine Anweisungen genau befolgten.«

Sie nahm einen Schluck Wodka. »Jetzt kommt das Interessanteste. Der Mann gab ihnen die beiden Bereitschaftstaschen, die Sie selbst gesehen haben. Er sagte dazu, daß die leuchtenden Farben es ihnen leichter machen würden. Und dann sagte er, daß die blaue Tasche eine sehr kräftige Rauchbombe enthielte, während die Sprengbombe in der roten wäre. Sobald der eine die Sprengbombe geworfen hätte, sollte der andere auf einen Knopf an der blauen Tasche drücken, und im Schutz des Rauches würden sie dann weglaufen können. In Wirklichkeit war die Sache mit der Rauchbombe eine Lüge, damit die Bulgaren dächten, sie kämen mit Sicherheit davon. Beide Taschen enthielten nämlich völlig gleiche Sprengbomben; zwischen der blauen und der roten Tasche bestand nicht der geringste Unterschied. Der Plan war, nicht nur Sie, sondern auch die Bombenwerfer spurlos zu beseitigen. Wahrscheinlich bestand noch ein weiterer Plan, um auch noch den dritten Mann zu beseitigen.«

»Weiter«, sagte Bond und bewunderte den Einfallsreichtum dieses Unternehmens.

»Die Bulgaren waren jedoch anscheinend der Meinung, daß das alles zwar großartig klänge, kamen dann jedoch klugerweise auf die Idee, nichts dem Zufall zu überlassen. Sie hielten es für besser, erst die Rauchbombe in Gang zu setzen und dann aus dem Rauch heraus die Sprengbombe auf Sie zu werfen. Was Sie also sahen, war der zweite Bombenwerfer, der den Knopf der angeblichen Rauchbombe niederdrückte, und dadurch gingen die beiden natürlich hoch.

Der dritte Bulgare hatte hinter dem Splendide gewartet, um seine beiden Freunde wegzufahren. Als er sah, was passierte, nahm er an, daß die beiden irgendeinen Fehler gemacht hätten. Die Polizei fand jedoch Überreste der nichtexplodierten roten Bombe, die ihm vorgelegt wurden. Und als der Mann sah, daß man sie angeführt hatte und daß seine beiden Freunde mit Ihnen zusammen ermordet werden sollten, fing er an zu reden. Wahrscheinlich redet er immer noch. Aber nirgends besteht ein Hinweis auf Le Chiffre. Der Auftrag wurde ihnen von einem Mittelsmann — wahrscheinlich einem Leibwächter Le Chiffres — überbracht, und Le Chiffres Name ist dem Überlebenden völlig unbekannt.«

Sie war mit ihrem Bericht gerade in jenem Augenblick zu Ende, in dem der Kellner mit dem Kaviar, einem Berg von Toast und kleinen Schälchen erschien, in denen sich feingehackte Zwiebel und hartgekochte, ebenfalls feingehackte Eier befanden. Eiweiß und Gelbei waren getrennt.

Der Kaviar wurde auf ihre Teller gehäuft, und eine Zeitlang schwiegen sie und aßen.

Schließlich sagte Bond: »Ich finde es sehr befriedigend, eine Leiche zu sein, die mit ihren Mördern getauscht hat. Mathis muß mit dem Ergebnis dieses Tages ausgesprochen zufrieden sein: fünf gegnerische Leute innerhalb vierundzwanzig Stunden ausgeschaltet.« Und dann erzählte er ihr, wie das Ehepaar Muntz angeführt worden war.

»Wie sind Sie übrigens in diese Sache hineingekommen?« fragte er. »Zu welcher Abteilung gehören Sie eigentlich?«

»Ich bin persönliche Assistentin von Leiter S«, sagte Vesper. »Da der ganze Plan von ihm stammt, wollte er, daß seine Abteilung beteiligt würde, und fragte M, ob ich gehen könnte. Es schien nur eine Verbindungsaufgabe zu sein, und deshalb war M einverstanden. Allerdings sagte er zu meinem Chef, daß Sie bestimmt wütend sein würden, wenn man Ihnen eine Frau mitgäbe.« Sie verstummte, und als Bond nichts sagte, fuhr sie fort: »Ich mußte mich mit Mathis in Paris treffen und bin dann mit ihm zusammen hierhergefahren. In Paris habe ich eine Freundin, die bei Dior als ›Vendeuse‹ arbeitet, und diese Freundin schaffte es irgendwie, mir dieses Kleid und das andere zu borgen, das ich heute morgen anhatte — sonst hätte ich gegenüber den hier sitzenden Leuten bestimmt nicht bestehen können. Das ganze Büro war jedenfalls neidisch, obgleich kein Mensch wußte, um was es eigentlich ging. Es hieß nur, daß ich mit einem Mann mit einer doppelten Null zusammenarbeiten sollte. Und ich war natürlich begeistert.«

Bond zog die Stirn kraus. »Eine doppelte Null zu bekommen, ist nicht schwer, wenn man bereit ist, den Gegner abzuschießen«, sagte er. »Das ist alles. Besonders stolz braucht man darauf wirklich nicht zu sein. Die doppelte Null bekam ich wegen eines toten Japaners, der in New York als Code-Fachmann arbeitete, und wegen eines norwegischen Doppelagenten in Stockholm. Vielleicht waren es ausgesprochen anständige Menschen? Sie gerieten nicht anders in die ganze Geschichte wie jener Jugoslawe, den Tito umlegte. Es ist schon ein großes Durcheinander, aber wenn man diesen Beruf hat, tut man, was einem befohlen wird. Wie schmeckt Ihnen der Kaviar mit dem gehackten Ei?«

»Eine wunderbare Zusammenstellung«, sagte sie. »Das Essen ist zu schön. Es kommt mir gemein vor ...« Sie unterbrach sich, gewarnt von der Kälte in Bonds Augen.

»Wir sind auch lediglich wegen des Auftrages hier«, sagte er. Plötzlich bedauerte er die Vertrautheit des gemeinsamen Abendessens und ihrer Unterhaltung. »Ich werde Ihnen jetzt erklären, was ich vorhabe und wie Sie mir dabei helfen können. Viel wird es – fürchte ich – sowieso nicht sein«, fügte er noch hinzu.

»Es geht um folgendes.« Und damit skizzierte er seinen Plan und zählte die verschiedenen Eventualitäten auf, die dabei entstehen konnten.

Der Maître d'hôtel überwachte persönlich das Servieren des zweiten Ganges, und als sie sich von den Köstlichkeiten genommen hatten, setzte Bond das Gespräch fort.

Sie hörte ihm unbewegt zu, jedoch mit gehorsamer Aufmerksamkeit. Seine Barschheit hatte sie zutiefst verletzt, obgleich sie zugeben mußte, daß sie die Warnungen ihres Chefs nicht genügend beachtet hatte.

»Bond ist ein Mann, der sich einer Sache völlig hingibt«, hatte Leiter S gesagt, als er ihr seine Anweisungen gab. »Glauben Sie nur nicht, daß die Geschichte für Sie lustig werden könnte. Er denkt an nichts anderes als an seinen Auftrag, und solange er damit zu tun hat, ist er für nichts anderes zu haben.

Er ist jedoch auf seinem Gebiet ein Könner, und davon gibt es nicht sehr viele; Sie würden also nur Ihre kostbare Zeit verschwenden. Er sieht gut aus – aber fallen Sie nicht auf ihn herein. Ich glaube nämlich nicht, daß er ein Herz hat. Jedenfalls viel Glück – und passen Sie auf, damit die Sache für Sie nicht schmerzlich wird.«

Im Grunde war das Ganze eine Herausforderung gewesen, und deshalb hatte sie sich gefreut, als sie spürte, daß sie ihn anzog und interessierte; völlig intuitiv hatte sie es gespürt. Aber bei der ersten Andeutung, daß sie sich gegenseitig mochten – bei der ersten Andeutung, die nur aus den ersten Worten einer konventionellen Redensart bestand –, war er plötzlich zu Eis erstarrt und hatte sich brutal abgewandt, als wäre jede Wärme für ihn Gift. Sie fühlte sich verletzt und betrogen. Dann ergab sie sich jedoch in ihr Schicksal und konzentrierte sich auf das, was er sagte. Sie würde diesen Fehler nicht noch einmal machen.

»... und unsere Hoffnung müssen wir in erster Linie darauf stützen, zu beten, daß ich Glück habe oder daß er zumindest kein Glück hat.«

Bond erklärte ihr dann, wie Bakkarat gespielt wird.

»Im Grunde ist es genauso wie bei jedem beliebigen anderen Spiel. Bankhalter und Spieler haben ungefähr die gleichen Chancen. Entweder wird die Bank gesprengt, oder die Spieler werden zur Aufgabe gezwungen.

Für heute abend hat Le Chiffre, wie wir wissen, die Bank von dem ägyptischen Syndikat gekauft, das die Tische, an denen mit hohen Einsätzen gespielt wird, übernommen hat. Le Chiffre hat dafür eine Million Francs bezahlt, und dadurch ist sein Kapital auf vierundzwanzig Millionen zusammengeschmolzen. Ich habe ungefähr die gleiche Summe. Ich rechne damit, daß zehn Spieler zusammenkommen, und wir sitzen an einem nierenförmigen Tisch um den Bankhalter herum.

Im allgemeinen sind die Tische in zwei Abteilungen aufgeteilt. Der Bankhalter spielt also immer zwei Spiele, je eines gegen eine Abteilung. Bei dieser Spielart kann der Bankhalter dadurch gewinnen, daß er die beiden Abteilungen gegeneinander ausspielt und über eine erstklassige ›Buchführung‹ verfügt. In Royale gibt es im Augenblick jedoch nicht genügend Bakkaratspieler, und Le Chiffre wird daher nur gegen die einzelnen Spieler einer einzigen Abteilung spielen. Das ist etwas ungewöhnlich, da die Chancen des Bankhalters in diesem Fall nicht ganz so gut sind; sie sind jedoch immer noch um eine Spur zu seinen Gunsten, und außerdem hat er natürlich die Kontrolle über die Höhe des Einsatzes.

Der Bankhalter sitzt also in der Mitte; zu seiner Unterstützung hat er einen Croupier, der die Karten mit einem Rechen wieder einsammelt und die Höhe des Einsatzes bekannt gibt, sowie einen Chef de partie, der eine Art Schiedsrichterrolle spielt. Ich werde Le Chiffre möglichst genau gegenübersitzen. Vor ihm steht ein ›Schlitten‹, ein Kartenauswerfer, in dem sich sechs gutgemischte Kartenspiele befinden. Irgendwelche Betrügereien sind mit dem Schlitten völlig unmöglich. Die Karten werden von dem Croupier gemischt und von einem der Spieler abgehoben; anschließend werden sie vor den Augen aller Teilnehmer in den Schlitten gesteckt. Wir haben das Personal überprüft und nichts Nachteiliges feststellen können. Es wäre zwar nützlich, wenn auch fast unmöglich, jede einzelne Karte zu markieren; dazu wäre jedoch mindestens das Einverständnis des Croupiers nötig. Jedenfalls werden wir heute auch darauf achten.«

Bond nahm einen Schluck Champagner und fuhr dann in seinem Bericht fort.

»Beim Spiel selbst passiert folgendes. Der Bankhalter gibt die Eröffnung der Bank von fünfhunderttausend Francs – das sind nach dem heutigen Kurs fünfhundert Pfund Sterling – bekannt. Vom Platz des Bankhalters aus sind die Plätze von rechts nach links durchgehend numeriert, und der dem Bankhalter am nächsten sitzende Spieler, also die Nummer 1, kann das Spiel annehmen und das Geld vor sich auf den Tisch legen; er kann es jedoch auch ablehnen, wenn der Einsatz für ihn zu hoch ist oder er gerade keine Lust hat. In diesem Fall hat Nummer 2 das Recht, das Spiel anzunehmen; falls sie sich jedoch weigert, ist die Nummer 3 an der Reihe, und so weiter. Wenn keiner der Spieler das Spiel annimmt, gilt das Angebot dem Tisch als Ganzes, und jeder beteiligt sich am Einsatz – manchmal sogar auch die Zuschauer –, bis die fünfhunderttausend zusammengekommen sind.

Fünfhunderttausend sind natürlich nur ein kleiner Einsatz, der sofort angenommen würde; wenn die Summe jedoch auf eine Million oder auf zwei klettert, ist es häufig schwierig, einen Spieler oder auch eine Gruppe von Spielern zu finden, die das Spiel annimmt. In diesem Augenblick werde ich immer versuchen, mich einzuschalten und das Spiel zu übernehmen; ich werde Le Chiffres Bank also angreifen, sobald ich eine Möglichkeit dazu habe, bis ich seine Bank gesprengt habe oder er mich zur Aufgabe zwingt. Das kann natürlich eine ganze Weile dauern, aber letzten Endes muß einer von uns den anderen fertigmachen – ungeachtet der anderen Spieler, obgleich auch diese ihn in der Zwischenzeit reicher oder ärmer machen können.

Als Bankhalter hat er natürlich einen leichten Vorteil; da ich jedoch immer mithalten werde und er nicht weiß, wie hoch mein Kapital eigentlich ist, wird ihm die Geschichte etwas auf die Nerven gehen, und deshalb hoffe ich, daß unsere Chancen zu Anfang doch ziemlich gleich sein werden.«

Er unterbrach sich, weil der Nachtisch – die Erdbeeren und die halbe Birne – serviert wurde.

Sie aßen eine Zeitlang, ohne ein Wort zu wechseln, und als der Kaffee gebracht wurde, unterhielten sie sich über andere Dinge. Keiner trank Kognak oder Likör dazu. Schließlich fand Bond, daß es an der Zeit wäre, ihr auch den eigentlichen Ablauf des Spieles zu erklären.

»Es ist ganz einfach«, sagte er, »und Sie werden es sofort begreifen, wenn Sie irgendwann einmal Siebzehn-und-vier gespielt haben, bei dem es darauf ankommt, vom Bankhalter so viel Karten zu bekommen, bis man möglichst dicht an einundzwanzig Punkte herankommt. Beim Bakkarat bekomme ich zwei Karten und der Bankhalter ebenfalls zwei, und wenn keiner sofort gewonnen hat, kann sich jeder eine weitere Karte nehmen. Ziel dieses Spieles ist es, zwei oder drei Karten zu haben, die zusammen neun Punkte ergeben – oder möglichst nahe an die Neun herankommen. Bilder und Zehnen zählen nicht, Asse sind gleich eins, und die anderen Karten entsprechen ihrem Wert. Außerdem zählt immer nur die letzte Zahl. Neun plus sieben sind demnach sechs und nicht sechzehn. Gewonnen hat, wer den neun Punkten am nächsten kommt.«

Vesper hörte ihm aufmerksam zu, beobachtete jedoch gleichzeitig den Ausdruck abstrakter Leidenschaft auf Bonds Gesicht.

»Wenn der Bankhalter mir also meine beiden Karten gegeben hat«, fuhr Bond fort, »und wenn sie zusammen acht oder neun ergeben, muß ich die Karten sofort offen auf den Tisch legen und habe gewonnen, wenn er nicht genausoviel oder sogar noch mehr Punkte hat als ich. Andernfalls kann ich bei sieben oder sechs stehenbleiben oder mir, wenn ich will, noch eine weitere Karte geben lassen, wenn ich fünf Punkte habe. Bestimmt tue ich es, wenn ich weniger als fünf Punkte in der Hand habe. Fünf ist der kritische Punkt des ganzen Spiels. Entsprechend den Berechnungen kann man seine Chancen bei fünf Punkten genausogut vergrößern als auch verschlechtern.

Nur wenn ich um eine weitere Karte bitte oder auf meine Karten klopfe, um anzudeuten, daß mir die beiden genügen, kann der Bankhalter seine eigenen Karten ansehen. Hat er acht oder neun Punkte, legt er sie offen auf den Tisch und hat gewonnen. Sonst aber steht er den gleichen Problemen gegenüber, mit denen ich mich herumschlagen muß. Bei seiner Entscheidung, ob er eine dritte Karte ziehen soll oder nicht, hilft ihm mein Verhalten. Will ich keine weitere Karte, kann er annehmen, daß ich fünf, sechs oder sieben Punkte habe; lasse ich mir dagegen noch eine Karte geben, weiß er, daß ich weniger als sechs Punkte habe und daß ich meine Punktzahl mit der dritten Karte vielleicht verbessern konnte. Diese Karte wird mir jedoch offen gegeben. An ihrem Wert und unter Berücksichtigung der Chancen erkennt er, ob er noch eine dritte Karte nehmen soll oder nicht.

Dadurch hat er mir gegenüber natürlich einen leichten Vorteil. Es ist eine winzige Hilfe bei der Entscheidung, eine weitere Karte zu ziehen oder nicht. Trotzdem gibt es noch ein anderes Problem bei diesem Spiel: Soll man bei fünf Punkten noch eine Karte verlangen, und wie verhält sich der Gegner bei fünf Punkten? Es gibt Spieler, die in diesem Fall immer eine weitere Karte verlangen, und andere, die es nie tun. Ich verlasse mich dabei auf mein Gefühl.«

Bond drückte seine Zigarette aus und ließ sich die Rechnung geben. »Letzten Endes kommt es jedoch immer wieder nur auf die Acht oder die Neun an, und ich muß eben sehen, daß ich mehr Achten oder Neunen bekomme als er.«

10

Während Bond über die Einzelheiten des Spieles und der Auseinandersetzung, der er entgegensah, berichtet, hatte sich sein Gesicht aufgeheitert. Die Aussicht, Le Chiffre endlich gegenüberzutreten, erregte ihn und ließ sein Blut schneller pulsen. Er schien die kurze Kühle, die zwischen ihnen eingetreten war, völlig vergessen zu haben. Vesper war sehr erleichtert und paßte sich seiner Stimmung an.

Er bezahlte die Rechnung und gab dem Sommelier ein ansehnliches Trinkgeld. Vesper erhob sich und ging vor ihm durch das Restaurant und auf die Hoteltreppe hinaus.

Der große Bentley wartete bereits, und Bond fuhr Vesper hinüber; er parkte möglichst nahe am Eingang. Als sie durch die eleganten Vorräume gingen, sagte er fast kein Wort. Sie blickte ihn an und sah, daß seine Nasenlöcher sich leicht blähten. Sonst aber schien er völlig ungerührt zu sein und erwiderte vergnügt die Grüße der Kasinoangestellten. An der Tür zum Salle privée fragte niemand nach ihren Mitgliedskarten: Bond, der immer um hohe Einsätze spielte, war bereits zu einem gern-gesehenen Besucher geworden, und seine Begleitung zehrte von seinem Ruf.

Als sie den Hauptraum betreten hatten, sahen sie, daß Felix Leiter sich von einem der Roulettetische abwandte, und dann begrüßte er Bond wie einen alten Freund. Nachdem er Vesper Lynd vorgestellt worden war und sie einige Worte gewechselt hatten, sagte Leiter: »Da Sie heute abend Bakkarat spielen, werden Sie mir doch sicher erlauben, daß ich Miss Lynd am Roulette zeige, wie man die Bank sprengt, nicht wahr? Ich habe drei Glückszahlen, die demnächst kommen müssen, und Miss Lynd hat vermutlich auch noch ein paar. Vielleicht kommen wir dann zu Ihnen hinüber und sehen Ihnen zu, wenn die Partie langsam warm wird.«

Fragend blickte Bond seine Begleiterin an.

»Gern«, sagte Vesper. »Aber können Sie mir nicht eine Ihrer Glückszahlen nennen, auf die ich setzen kann?«

»Ich habe keine Glückszahlen«, sagte Bond, ohne das Gesicht zu verziehen. »Ich verlasse mich auf meine Chancen. Also gut, dann werde ich Sie jetzt allein lassen.« Er entschuldigte sich. »Bei meinem Freund Leiter sind sie ausgezeichnet aufgehoben.« Sein flüchtiges Lächeln galt beiden, und dann ging er mit ruhigen Schritten auf die Caisse zu.

Leiter hatte die Zurechtweisung gespürt.

»Er ist ein ausgesprochen ernsthafter Spieler, Miss Lynd«, sagte er. »Und wahrscheinlich muß er es auch sein. Aber kommen Sie mit und sehen Sie zu, wie die Siebzehn meinen übersinnlichen Wahrnehmungen folgt. Sie werden sehen, daß es kein bißchen weh tut, wenn man für nichts eine Menge Geld bekommt.«

Bond war erleichtert, wieder allein zu sein, daß er seine Gedanken von allem anderen frei machen und sich ganz auf seine Aufgabe konzentrieren konnte. Er stand an der Kasse und ließ sich gegen die Quittung, die er nachmittags erhalten hatte, seine vierundzwanzig Millionen Francs auszahlen. Er teilte die

Scheine in zwei gleich dicke Bündel auf und steckte das eine in die rechte, das andere in die linke Jackettasche. Dann schlenderte er quer durch den Raum zwischen den dichtbesetzten Tischen hindurch, bis er das andere Ende erreichte, wo der breite Bakkarattisch hinter dem messingnen Geländer stand.

Langsam füllten sich die Plätze vor dem Tisch, und die Karten lagen verdeckt auf dem Tisch, um noch gemischt zu werden.

Der Chef de partie hob die samtbezogene Kette hoch, die den Zugang versperrte. »Ich habe – wie gewünscht – Platz 6 für Sie reserviert, Monsieur Bond.«

Drei Plätze waren noch nicht besetzt. Bond ging zu seinem Platz, von dem der Huissier schon den Stuhl zurückgezogen hatte. Mit einem Nicken zu den Spielern, die rechts und links von ihm saßen, setzte er sich. Dann holte er das große stählerne Zigarettenetui sowie sein schwarzes Feuerzeug heraus und legte beides auf den grünen Flanell neben seinen rechten Unterarm. Der Huissier wischte einen dicken Glasaschbecher mit einem Tuch ab und stellte ihn daneben. Bond zündete sich eine Zigarette an und lehnte sich zurück.

Ihm genau gegenüber stand der noch leere Stuhl des Bankhalters. Bond sah sich am Tisch um. Die meisten Spieler kannte er zwar bereits vom Sehen, aber nur bei einigen wußte er die Namen. Auf Platz 7, zu seiner Rechten, saß ein Monsieur Sixte, ein wohlhabender Belgier mit Stahlinteressen im Kongo. Auf Platz 9 sah er Lord Danvers, einen vornehmen, wenn auch auffallend weich aussehenden Engländer, dessen Geld vermutlich von seiner reichen amerikanischen Frau stammte, einem Wesen mittleren Alters, mit dem gierigen Mund eines Vampyrs, die auf Platz 3 saß. Bond hielt es für möglich, daß die beiden ungeschickt und nervös spielen und daher zu den ersten Opfern gehören würden. Auf Platz 1, rechts von der Bank, saß ein bekannter griechischer Spieler, dem – wie nach Bonds Erfahrungen fast jedem aus dem östlichen Mittelmeer – eine sehr einträgliche Reederei gehörte. Er würde kalt und gut spielen und vielleicht zu den Überlebenden gehören.

Bond bat den Huissier um eine Karte und schrieb unter ein großes Fragezeichen die Zahlen 2, 4, 5, 8 und 10. Dann ließ er sie durch den Huissier zum Chef de partie bringen.

Wenig später bekam er die Karte mit den eingetragenen Namen zurück.

Der Platz Nr. 2, der immer noch unbesetzt war, gehörte Carmel Delane, dem amerikanischen Filmstar, der die Unterhaltsgelder von drei ehemaligen Ehemännern sowie auf Anforderung weitere Beträge zu verspielen hatte, die ihr der gegenwärtige Begleiter in Royale nach Bonds Annahme ohne weiteres zur Verfügung stellen würde. Mit ihrem sanguinischen Temperament würde sie wahrscheinlich nicht nur ziemlich frech, sondern auch gewagt spielen und dadurch vielleicht sogar in eine Glückssträhne kommen.

Dann folgte Lady Danvers auf Platz 3, während die Nummern 4 und 5 von einem Ehepaar Du Pont eingenommen wurden, die sehr reich aussahen und hinter denen möglicherweise ein Teil des Du-Pont-Vermögens steckte. Bond glaubte, daß sie ebenfalls zu den Überlebenden gehören würden. Beide machten einen geschäftstüchtigen Eindruck und unterhielten sich auf eine leichte, vergnügte Art und Weise, als fühlten sie sich hier zu Hause. Bond war froh, dieses Ehepaar neben sich zu haben – Mrs. Du Pont hatte Platz 5 –, und er war bereit, seinen Anspruch mit ihnen oder auch mit Monsieur Sixte zu seiner Rechten zu teilen, wenn der Einsatz für den einzelnen tatsächlich zu hoch sein würde.

Auf Platz 8 saß der Maharadscha eines kleinen indischen Staates, der vermutlich sein im Krieg gewonnenes Sterling-Vermögen im Hintergrund hatte. Bond wußte aus Erfahrung, daß nur wenige asiatische Rassen mutige Spieler waren – selbst nicht die vielgerühmten Chinesen, die sehr leicht den Mut verloren, wenn es schlecht stand. Der Maharadscha würde wahrscheinlich jedoch durchhalten und auch größere Verluste hinnehmen, wenn sie nicht auf einmal eintraten.

Nummer 10 war ein glücklich aussehender junger Italiener,

ein Signor Tomelli, der vielleicht sehr viel Geld mit seinen zu Wucherpreisen vermieteten Wohnungen in Mailand verdiente und wahrscheinlich irritierend und dumm spielte. Bei ihm bestand die Möglichkeit, daß er die Beherrschung verlöre und eine Szene machte.

Bond war gerade mit seinem skizzenhaften Überblick über seine Mitspieler fertig geworden, als Le Chiffre mit der Ruhe und den sparsamen Bewegungen eines großen Fisches durch die Öffnung des Messinggeländers kam und sich, mit einem kühlen Lächeln der Begrüßung für die Anwesenden, auf dem Bond genau gegenüberstehenden Stuhl des Bankhalters niederließ.

Mit der gleichen Sparsamkeit der Bewegungen riß er das dicke Kartenpäckchen auf, das der Croupier zwischen seine plumpen, lässigen Hände auf den Tisch gelegt hatte. Als der Croupier die sechs Kartenspiele schließlich mit einer einzigen, sehr genauen Bewegung in den Schlitten gesteckt hatte, sagte Le Chiffre irgend etwas zu ihm.

»Messieurs, Mesdames, les jeux sont faits. Un banco de cinq cent mille.« Und als der Grieche auf Platz 1 auf den vor ihm liegenden Stapel von Hunderttausend-Francs-Chips klopfte: »Le banco est fait.«

Le Chiffre beugte sich über den Schlitten und versetzte ihm einen Schlag, damit die Karten richtig lagen. Die erste ragte wie eine halbrunde, blaßrote Zunge aus der schrägen Öffnung des Schlittens. Dann drückte Le Chiffre seinen fleischigen weißen Zeigefinger sanft auf die rosa Zunge und warf die Karte dem rechts von ihm sitzenden Griechen zu. Gleich darauf zog er sich selbst eine Karte, dann die zweite für den Griechen und die zweite für sich selbst.

Er saß unbeweglich auf seinem Stuhl, ohne seine Karten anzurühren.

Unverwandt starrte er dem Griechen in das Gesicht. Mit einem langen Holzspatel, der einer Maurerkelle ähnelte, hob der Croupier die beiden Karten des Griechen vorsichtig hoch und ließ sie dann mit einer schnellen Bewegung nur wenige Zentimeter vor den blassen, behaarten Händen des Griechen, die wie zwei lauernde Krebse auf dem Tisch lagen, wieder fallen.

Die beiden Krebse lösten sich voneinander; der Grieche griff mit der linken Hand nach den beiden Karten und hob die oberste im Schutz der rechten Hand vorsichtig an, um ihren Wert zu erkennen. Dann streckte er langsam den Zeigefinger der rechten Hand aus und schob sie beiseite, so daß er auch die zweite Karte erkennen konnte.

Sein Gesicht blieb völlig unbeweglich. Er legte seine linke Hand flach auf den Tisch, zog sie dann langsam zurück und ließ die beiden Karten verdeckt vor sich liegen, so daß niemand ihre Punktzahl sehen konnte.

Dann hob er langsam den Kopf und blickte Le Chiffre an.

»Non«, sagte er leise.

Durch seinen Verzicht auf eine weitere Karte war deutlich geworden, daß er entweder eine Fünf, eine Sechs oder eine Sieben haben mußte. Um zu gewinnen, mußte die Bank jedoch eine Acht oder Neun haben. Wenn der Bankhalter diese Punktzahl nicht hatte, war er berechtigt, eine weitere Karte zu ziehen, die seine Punktzahl vielleicht verbesserte.

Le Chiffres Hände lagen zusammengefaltet vor ihm, die beiden Karten vielleicht zehn Zentimeter von ihnen entfernt. Mit seiner rechten Hand nahm er jetzt die Karten auf und legte sie mit einem leisen Klappen offen auf den Tisch.

Es waren eine Vier und eine Fünf, zusammen also die unbesiegbaren neun Punkte.

Er hatte gewonnen.

»Neuf à la banc«, sagte der Croupier ruhig. Mit seinem Rechen drehte er die Karten des Griechen um. »Et le sept«, sagte er gleichmütig, hob die verspielte Sieben und die Königin hoch und ließ beide durch den breiten Schlitz in der Tischplatte vor seinem Platz fallen; sie landeten in einem großen Metallbehälter, in den alle einmal benutzten Karten kommen. Die beiden Karten Le Chiffres folgten ihnen mit einem leisen Plumpsen, das davon herrührt, daß der Boden des Behälters zu Beginn des Spieles noch nicht mit Karten bedeckt ist.

Der Grieche schob fünf Chips von je hunderttausend Francs auf die Tischplatte, und der Croupier tat sie zu Le Chiffres Chip über eine halbe Million, der in der Mitte des Tisches lag. Von jedem Einsatz beansprucht das Kasino einen winzigen Prozentsatz, die Cagnotte; bei großen Einsätzen ist es jedoch üblich, daß der Bankhalter entweder vorher eine bestimmte Summe ausmacht oder daß er den Betrag am Ende jedes Spieles abgibt, so daß die Bank immer eine runde Summe beträgt. Le Chiffre hatte die zweite Möglichkeit gewählt.

Der Croupier ließ ein paar Spielmarken durch den Schlitz in der Tischplatte fallen, der für die Cagnotte bestimmt war, und verkündete mit ruhiger Stimme:

»Un banco d'un million.«

»Suivi«, murmelte der Grieche und nahm damit das Recht in Anspruch, das nächste Spiel nach seiner Niederlage anzunehmen.

Bond zündete sich eine Zigarette an und lehnte sich zurück. Das lange dauernde Spiel hatte also begonnen, und die Folge von Gesten und Wiederholungen dieser gedämpften Litanei würde so lange dauern, bis das Ende gekommen war und die Spieler sich wieder zerstreuten. Dann würden die rätselhaften Karten verbrannt oder zerrissen werden, über den Tisch würde eine Decke gebreitet werden, und das grasgrüne, filzene Schlachtfeld würde das Blut seiner Opfer aufsaugen und sich dadurch wieder verjüngen.

Der Grieche, der eine dritte Karte verlangt hatte, konnte den sieben Punkten der Bank lediglich eine Vier entgegenhalten.

»Un banco de deux millions«, sagte der Croupier.

Die links von Bond sitzenden Spieler schwiegen.

»Banco«, sagte Bond.

Le Chiffre blickte ihn gleichgültig an; das Weiße seiner Augen, das die Iris umgab, verlieh seinem Blick etwas Teilnahmsloses und Puppenähnliches.

Langsam nahm er die eine fleischige Hand vom Tisch und steckte sie in die Tasche seines Dinnerjacketts. Als die Hand wieder heraus kam, hielt sie eine kleine Metallröhre, deren Deckel Le Chiffre abschraubte. Mit einer fast widerwärtigen Langsamkeit führte er die Öffnung der Röhre erst in das eine, dann in das andere Nasenloch und atmete genüßlich den Eukalyptusduft ein.

Ohne sich im geringsten zu beeilen, steckte er den Inhalator wieder in die Tasche; dann aber war seine Hand plötzlich wieder oberhalb der Tischplatte und versetzte dem Schlitten einen kurzen, harten Schlag.

Während dieser aufreizenden Pantomime hatte Bond dem Blick des Bankhalters kühl standgehalten und das breite weiße Gesicht betrachtet, über dem das kurzgeschnittene rötlichbraune Haar senkrecht hochstand. Er hatte den feuchten roten Mund beobachtet, der sich nie zu einem Lächeln verzog, und die eindrucksvollen breiten Schultern bemerkt, die unter dem weitgeschnittenen Dinnerjackett verborgen waren.

Bond legte eines seiner Notenbündel auf den Tisch, ohne es zu zählen. Wenn er verlor, würde der Croupier die erforderlichen Geldscheine schon herausnehmen; aber die gelassene Bewegung deutete an, daß Bond nicht damit rechnete, zu verlieren und daß dieses Notenbündel nur ein Teil jener beträchtlichen Summen darstellte, die ihm zur Verfügung standen.

Die übrigen Spieler spürten die Spannung zwischen den beiden, und daher war es völlig still, als Le Chiffre die vier Karten zog.

Der Croupier schob Bond die beiden Karten mit der Kante seines Spatels zu. Bond, der seine Augen immer noch nicht von Le Chiffre abgewandt hatte, streckte seine rechte Hand einige

Zentimeter aus, blickte flüchtig hin, sah dann Le Chiffre teilnahmslos wieder an, und mit einer geringschätzigen Bewegung warf er die Karten offen auf den Tisch. Es waren eine Vier und eine Fünf – zusammen unschlagbare neun Punkte.

Ein leises, neiderfülltes Seufzen erhob sich am Tisch, und die links von Bond sitzenden Spieler tauschten reuevolle Blicke über ihren Fehler, das Spiel um die zwei Millionen Francs nicht angenommen zu haben.

Mit einem angedeuteten Schulterzucken sah Le Chiffre sich flüchtig seine eigenen Karten an und schnippte sie dann mit dem Fingernagel weg. Es waren zwei wertlose Buben.

»Le baccarat«, sagte der Croupier, als er die beiden großen Chips zu Bond hinüberschob.

Zusammen mit dem nicht benötigten Notenbündel ließ Bond sie in der rechten Tasche verschwinden. Sein Gesicht zeigte keine Regung; er freute sich jedoch über den Erfolg seines ersten Coups und über den Ausgang des wortlosen Streites, den er mit Le Chiffre über den Tisch hinweg ausgefochten hatte.

Die Dame zu seiner Linken, die Amerikanerin Mrs. Du Pont, sah ihn mit einem trockenen Lächeln an.

»Ich hätte es Ihnen nicht überlassen sollen«, sagte sie. »Als die Karten ausgeteilt waren, hätte ich mich ohrfeigen können.«

»Wir sind erst am Anfang der Partie«, sagte Bond. »Vielleicht erweist es sich beim nächsten Mal richtig, mir das Spiel zu überlassen.«

Mr. Du Pont, der auf der anderen Seite seiner Frau saß, beugte sich vor. »Wenn man es jedesmal richtig machte, würde keiner von uns hier sitzen«, sagte er philosophisch.

»Ich bestimmt«, sagte seine Frau lachend. »Glaube nur nicht, daß ich es aus reinem Vergnügen tue!«

Als das Spiel schließlich weiterging, sah Bond sich die Zuschauer an, die sich hinter dem Messinggeländer drängten. Sehr bald hatte er Le Chiffres Pistolenmänner entdeckt. Sie standen rechts und links hinter dem Bankhalter und sahen zwar einigermaßen ordentlich aus, aber doch nicht so, daß sie nicht auffielen.

Der eine, der hinter Le Chiffres rechter Seite stand, war groß und wirkte in seinem Smoking wie ein Trauergast. Sein Gesicht war hölzern und grau; seine Augen flackerten und glänzten allerdings wie die eines Zauberkünstlers. Sein ganzer langer Körper war in ewiger Unruhe, und seine Hände glitten unablässig über das Geländer. Bond war überzeugt, daß er ohne jedes Interesse und völlig unbeteiligt morden würde und daß er am liebsten wahrscheinlich erdrosselte; aber seine Unmenschlichkeit schien nicht aus einem gewissen Infantilismus zu stammen, sondern war die Folge von Rauschgift – vermutlich Marihuana, glaubte Bond.

Der andere sah wie ein korsischer Ladenbesitzer aus. Er war untersetzt und auffallend dunkel, hatte eine flache Stirn und dichtes, pomadisiertes Haar. Anscheinend war er ein Krüppel, denn neben ihm hing ein Spazierstock aus Bambusrohr am Geländer. Er mußte die Erlaubnis haben, den Stock in das Kasino mitzubringen, überlegte Bond, der wußte, daß es verboten war, Spazierstöcke oder ähnliches mitzuführen, um Schlägereien zu verhindern. Der Mann sah weich und gutgenährt aus. Sein Mund war leicht geöffnet und zeigte eine Reihe schlechter Zähne. Er trug einen schwarzen Schnauzbart, und die Rücken seiner Hände, die auf dem Geländer lagen, waren schwarz behaart. Bond vermutete, daß fast sein ganzer gedrungener Körper behaart sein mußte. Nackt – so überlegte Bond – mußte er widerwärtig anzusehen sein.

Das Spiel ging ohne besondere Ereignisse weiter, wenn auch die Bank leicht im Nachteil war.

Beim Chemin-de-fer und beim Bakkarat ist der dritte Coup die »Schallmauer«. Beim ersten- und beim zweitenmal kann das Glück die Vorhand behalten; wenn jedoch der dritte Versuch kommt, zersplittert es oft in tausend Scherben. Immer wieder kommt es vor, daß man an diesem Punkt zu Boden geht. So ähnlich war es auch jetzt. Weder die Bank noch einer der Spieler schien sich erwärmen zu können. Trotzdem hatte die Bank laufend geringe Einbußen, die nach etwa zwei Stunden auf rund zehn Millionen Francs geklettert waren. Bond hatte keine Ahnung, welche Summen Le Chiffre in den letzten beiden Tagen gewonnen hatte. Er schätzte sie auf fünf Millionen und vermutete, daß das Kapital der Bank mehr als zwanzig Millionen betragen müßte.

Tatsächlich hatte Le Chiffre jedoch den ganzen Nachmittag über erheblich verloren. Zu diesem Zeitpunkt besaß er nur noch zehn Millionen.

Auf der anderen Seite hatte Bond bis ein Uhr nachts vier Millionen gewonnen, so daß er jetzt insgesamt achtundzwanzig Millionen besaß

Bond war voller gedämpfter Freude. Le Chiffre zeigte nicht die geringste Regung. Er spielte weiterhin wie ein Automat und redete nur, wenn er dem neben ihm sitzenden Croupier leise Anweisungen für die Eröffnung einer neuen Bank gab.

Außerhalb der Insel des Schweigens, die der Tisch bildete, herrschte an den übrigen Tischen ein ständiges Gemurmel, unterbrochen von den Rufen der Croupiers sowie gelegentlich ausbrechendem Gelächter und begeisterten Ausrufen, die aus den verschiedenen Ecken des großen Saales herüberdrangen.

Im Hintergrund aber tickte ununterbrochen das verborgene Metronom des Kasinos, das bei jeder Drehung des Roulettes und bei jeder Karte ein Prozent verzeichnete – eine fette, vollgefressene Katze mit einem Zero als Herz.

Nach Bonds Uhr war es ein Uhr zehn, als der Ablauf der Partie sich schlagartig änderte.

Der Grieche auf Platz 1 hatte immer noch Pech. Er hatte beim erstenmal eine halbe Million und beim zweitenmal eine Million verloren. Das dritte Spiel mit einem Einsatz von zwei Millionen gab er daher ab, Carmel Delane verzichtete ebenfalls, und genauso machte es Lady Danvers auf Platz 3.

Die Du Ponts sahen sich an.

»Banco«, sagte Mrs. Du Pont und verlor prompt gegen die acht Punkte der Bank.

»Un banco de quatre millions«, sagte der Croupier.

»Banco«, sagte Bond und legte eines seiner Geldbündel auf den Tisch.

Wieder starrte er Le Chiffre unverwandt an. Wieder blickte er nur flüchtig seine beiden Karten an.

»Nein«, sagte er. Er hatte die kritischen fünf Punkte. Die Situation war gefährlich.

Le Chiffre deckte einen Buben und eine Vier auf. Dann zog er die dritte Karte – eine Drei.

»Sept à la banc«, sagte der Croupier. »Et cinq«, fügte er hinzu, als er Bonds Karten umgedreht hatte. Er harkte Bonds Notenbündel zu sich heran, entnahm ihm vier Millionen Francs und gab Bond den Rest zurück.

»Un banco du huit millions.«

»Suivi«, sagte Bond.

Und wieder verlor er gegen die neun Augen der Bank.

In zwei Coups hatte er damit zwölf Millionen Francs verloren. Alles in allem hatte er also jetzt noch genau den Betrag der nächsten Bank.

Plötzlich spürte Bond, daß seine Handflächen feucht wurden. Wie Schnee in der Sonne war sein Kapital geschmolzen. Mit der gierigen Entschlossenheit des Gewinners klopfte Le Chiffre einen leisen Wirbel mit der rechten Hand auf die Tischplatte. Bond blickte über den Tisch hinweg in die Augen aus dunklem Granit. Sie schienen ihn ironisch fragend zu betrachten. »Willst du wirklich ausgepunktet werden?« schienen sie zu fragen.

»Suivi«, sagte Bond leise.

Er nahm den Rest der Banknoten und die Chips aus der rechten und das andere Bündel aus der linken Tasche und legte alles auf den Tisch. Nichts in seinen Bewegungen deutete darauf hin, daß dies sein ganzes Geld war.

Sein Mund war plötzlich so trocken wie rauhes Papier. Er blickte auf und sah, daß Vesper und Leiter jetzt dort standen, wo vorhin der Pistolenmann mit dem Stock gestanden hatte. Er wußte nicht, wie lange die beiden schon dort waren. Leiter schien besorgt zu sein, aber Vesper lächelte ihm aufmunternd zu.

Er hörte ein leises Klirren hinter sich am Geländer und drehte den Kopf. Die Reihe schlechter Zähne unter dem Schnauzbart gähnte ihn nichtssagend an.

»Le jeu est fait«, sagte der Croupier, und die beiden Karten rutschten über das grüne Tuch zu ihm herüber – über den grünen Filz, der nicht mehr glatt, sondern nur noch dick war, und dazu pelzig und fast erstickend; und seine Farbe war genauso frisch wie das Gras auf einem neuen Grab.

Das Licht der weiten, seidig schimmernden Schirme, das vorhin so beruhigend gewirkt hatte, schien jetzt seiner Hand jede Färbung zu nehmen, als er einen Blick auf seine Karten warf. Dann sah er zum zweitenmal hin.

Schlechter konnten sie eigentlich gar nicht sein: Cœur-König und ein As, das Pique-As. Wie eine große schwarze Spinne schielte es ihn an.

»Eine Karte.« Immer noch gelang es ihm, daß seine Stimme völlig gleichmütig klang.

Le Chiffre sah sich seine Karten an. Er hatte eine Königin und eine schwarze Fünf. Dann blickte er zu Bond hinüber und zog mit dem fleischigen Zeigefinger Bonds dritte Karte. Am Tisch war es völlig still. Le Chiffre merkte es und warf die Karte auf den Tisch. Der Croupier hob sie vorsichtig mit seinem Rechen hoch und legte sie vor Bond auf den Tisch. Es war eine gute Karte, die Herz-Fünf; für Bond war sie jedoch ein schmieriger Fingerabdruck von getrocknetem Blut. Er hatte jetzt insgesamt sechs Punkte und Le Chiffre fünf; da die Bank jedoch fünf Punkte ausgegeben hatte und selbst eine Fünf hatte, mußte sie eine weitere Karte ziehen und versuchen, noch einen Punkt oder zwei, drei oder vier dazuzubekommen. Mit jeder dieser Karten aber hatte Bond verloren.

Die Chancen lagen zwar auf Bonds Seite, aber jetzt war es Le Chiffre, der Bond anstarrte und kaum einen Blick auf die Karte warf, die jetzt offen auf dem Tisch lag.

Völlig unnötigerweise war es die beste Karte, eine Vier, so daß die Bank jetzt neun Punkte hatte. Le Chiffre hatte gewonnen, hatte beinahe wieder aufgeholt.

Bond aber war geschlagen, restlos und unwiderruflich geschlagen.

12

Bond schwieg; er war erstarrt. Er öffnete sein Zigarettenetui und nahm sich eine Zigarette. Dann ließ er das Feuerzeug aufschnappen, zündete die Zigarette an und legte es wieder auf den Tisch. Tief atmete er den Rauch in die Lunge und blies ihn mit einem leisen Zischen zwischen den Zähnen wieder aus.

Was jetzt? Ins Hotel zurück und sofort ins Bett, fort von den mitleidsvollen Blicken von Mathis, Leiter und Vesper. Ein Anruf in London, und morgen dann sofort mit dem Flugzeug nach Hause, mit dem Taxi zum Regent's Park, die Treppen hoch und durch den Korridor, und M's kaltes Gesicht hinter dem Schreibtisch, sein erzwungenes Mitgefühl, »nächstes Mal eben mehr Glück«; aber das war natürlich Unsinn, denn eine zweite Chance wie diese gab es nicht.

Er sah sich am Tisch um und blickte auf die Zuschauer. Nur wenige Augen waren auf ihn gerichtet. Alle warteten, während der Croupier das Geld zählte und die Chips in einem sauberen Haufen vor dem Bankhalter aufstapelte; und jeder wartete, ob sich wohl irgend jemand finden würde, der die gewaltige Bank von zweiunddreißig Millionen mithalten würde – diese kaum faßliche Glückssträhne des Bankhalters.

Leiter war verschwunden; wahrscheinlich wollte er Bond nach dessen Niederlage nicht in die Augen sehen. Vesper wirkte jedoch seltsam ungerührt und lächelte aufmunternd zu Bond herüber. Bond kam zu dem Schluß, daß sie demnach nicht begriffen hatte, was hier gespielt wurde, daß sie wahrscheinlich keine Ahnung von der Bitterkeit seiner Niederlage hatte.

Der Huissier kam innerhalb des Geländers auf Bond zu und blieb neben ihm stehen. Dann beugte er sich zu ihm herunter, legte einen prallen Umschlag neben Bond auf den Tisch. Das Kuvert war so dick wie ein kleines Wörterbuch. Dann sagte er noch irgend etwas von der Kasse und verschwand wieder.

Bonds Herz pumpte. Er nahm den schweren Umschlag, mit dem er nichts anzufangen wußte, hielt ihn unter die Tischplatte, riß ihn mit dem Daumennagel auf und merkte dabei, daß er gerade erst zugeklebt sein mußte, weil der Leim noch feucht war.

Ungläubig und doch überzeugt, daß es wahr war, fühlte er das dicke Bündel Geldscheine. Er verteilte es auf seine Taschen und behielt den halben Bogen Schreibpapier, der an den obersten Schein geklammert war, in der Hand. Er las ihn im Schatten der Tischplatte. Mit Tinte geschrieben, enthielt der Bogen nur eine Zeile: »Marshallplan-Hilfe: 32 Millionen Francs. Mit den besten Empfehlungen der USA.«

Bond mußte schlucken. Er blickte zu Vesper hinüber. Felix Leiter stand jetzt wieder neben ihr und grinste leicht, und Bond lächelte zurück und hob seine Hand zu einer kleinen dankenden Bewegung. Dann wischte er alle Spuren des Gefühls völliger Niedergeschlagenheit, das ihn noch vor wenigen Minuten übermannt hatte, aus seinen Gedanken. Das hier war ein Aufschub, nichts anderes. Ein zweites Wunder konnte es nicht geben. Dieses Mal mußte er unbedingt gewinnen – wenn Le Chiffre seine fünfzig Millionen nicht bereits beisammen hatte, wenn er überhaupt weiterspielte!

Der Croupier war gerade mit der Ausrechnung der Cagnotte fertig geworden, wechselte Bonds Geldscheine in Chips um und baute diese zu einem gewaltigen Stapel mitten auf dem Tisch auf.

Zweiunddreißig Millionen Francs, also zweiunddreißigtausend Pfund lagen dort. Vielleicht, so überlegte Bond, brauchte Le Chiffre nur noch ein einziges Spiel, vielleicht sogar nur noch ein kleineres Spiel um ein paar Millionen, um sein Ziel zu erreichen. Vielleicht hatte er dann seine fünfzig Millionen beisammen und würde das Spiel abbrechen. Morgen würde er dann das Defizit in der Kasse ausgleichen, und damit wäre seine Situation gerettet.

Nichts deutete jedoch darauf hin, daß Le Chiffre Schluß machen wollte, und erleichtert kam Bond zu dem Ergebnis, daß er Le Chiffres Kapital überschätzt haben mußte.

Dann, so überlegte Bond weiter, bestand jetzt nur noch die Möglichkeit, Le Chiffre zu überrollen, sich mit keinem der anderen Partner zusammenzutun oder sich mit einer kleineren Summe zu beteiligen, sondern aufs Ganze zu gehen. Nur damit konnte er Le Chiffre den entscheidenden Schlag versetzen, denn dieser Mann würde es gar nicht gern sehen, wenn einer der Spieler mehr als zehn oder fünfzehn Millionen gegen ihn setzte; andererseits rechnete er bestimmt nicht damit, daß einer seiner Gegenspieler die ganzen zweiunddreißig Millionen mithalten würde. Vielleicht wußte er gar nicht, daß Bond fertiggewesen war, mußte jedoch auf jeden Fall annehmen, daß Bond nur noch über eine kleinere Summe verfügte. Von dem Inhalt des Kuverts konnte er nichts ahnen, denn sonst würde er die Bank wahrscheinlich zurückziehen und das mühselige Spiel noch einmal von vorn anfangen, mit einem ersten Einsatz von fünfhunderttausend Francs.

Diese Überlegung war richtig.

Le Chiffre brauchte noch einmal acht Millionen Francs.

Endlich nickte er leicht mit dem Kopf.

»Un banco de trente-deux millions«, verkündete die Stimme des Croupiers. Rings um den Tisch entstand eine Mauer erwartungsvollen Schweigens.

»Un banco de trente-deux millions!« Mit lauter, stolzer Stimme nahm der Chef de partie den Ruf auf und hoffte, damit einen Teil der wohlhabenden Spieler von den benachbarten Tischen wegzulocken. Abgesehen davon war es eine großartige Reklame. Nur ein einziges Mal in der Geschichte des Bakkarats war diese Summe bisher erreicht worden – 1950 in Deauville. Das konkurrierende »Casino de la Forêt« in Le Touquet war noch nie auch nur in die Nähe dieser Zahl gekommen.

In diesem Augenblick jedoch lehnte Bond sich leicht vor.

»Suivi«, sagte er ruhig.

Aufgeregt summten die Stimmen um den Tisch. Wie ein Lauffeuer lief es durch das Kasino. Die Leute strömten herein. Zweiunddreißig Millionen! Für die meisten Zuschauer war es mehr, als sie in ihrem ganzen Leben verdienten. Diese Summe erreichten sie vielleicht zusammen mit dem, was die ganze Familie verdiente. Es war buchstäblich ein kleines Vermögen.

Einer der Kasinodirektoren beriet sich mit dem Chef de partie. Der Chef de partie wandte sich höflich an Bond.

»Excusez-moi, Monsieur. La Mise?«

Es war für Bond die Aufforderung, zu beweisen, daß er auch über die Summe verfügte. Man wußte natürlich, daß er ein sehr wohlhabender Mann war, aber schließlich ging es um zweiunddreißig Millionen! Und manchmal passierte es, daß verzweifelte Leute ein Spiel annahmen, ohne auch nur einen Sous in der Tasche zu haben, und anschließend vergnügt in das Gefängnis gingen, wenn sie verloren hatten.

»Mes excuses, Monsieur Bond«, fügte der Chef de partie unterwürfig hinzu.

Bond legte das große Notenbündel langsam auf den Tisch, und der Croupier machte sich an die Arbeit, die Scheine von je zehntausend Francs — der größte Wert, der in Frankreich ausgegeben wird — durchzuzählen. In diesem Augenblick bemerkte Bond aber auch jenen Blick, der zwischen Le Chiffre und dem direkt hinter Bond stehenden Pistolenmann gewechselt wurde.

Fast im gleichen Augenblick spürte er, daß irgendein harter Gegenstand ihm in das Kreuz gedrückt wurde.

Gleichzeitig sagte eine gedämpfte Stimme in einem südfranzösischen Dialekt sehr sanft, aber nachdrücklich in sein Ohr: »Das ist eine Pistole, Monsieur. Sie ist völlig geräuschlos. Ich kann Ihnen eine Kugel ins Rückgrat jagen, ohne daß irgend jemand etwas hört. Es wird so aussehen, als wären Sie ohnmächtig geworden. Und ich verschwinde. Ziehen Sie Ihr Angebot zurück, bevor ich bis zehn gezählt habe. Wenn Sie um Hilfe rufen, schieße ich.«

Die Stimme meinte es ernst; diese Leute hatten bereits bewiesen, daß sie bis an die Grenze gingen, ohne zu zögern. Der kräftige Spazierstock fand damit seine Erklärung. Im Stock befanden sich hintereinander mehrere weiche Gummischeiben, die den Knall verschluckten, das Geschoß jedoch durchließen. Im Krieg hatte man diese Vorrichtung erfunden und verschiedentlich verwendet. Bond selbst hatte sie ausprobiert.

»Un«, sagte die Stimme.

Bond drehte den Kopf. Unmittelbar hinter ihm stand ein Mann, der sich leicht nach vorn lehnte und ihn unter dem schwarzen Schnurrbart angrinste, als wünschte er Bond Glück; in dem Gewirr der Stimmen und in der drängenden Menge war er völlig sicher.

Die verfärbten Zahnreihen schlossen sich. »Deux«, sagten die grinsenden Lippen.

Bond drehte den Kopf wieder zurück. Le Chiffre beobachtete ihn. Seine Augen sahen Bond funkelnd an. Sein Mund war leicht geöffnet, und er atmete schnell. Er wartete – auf eine Geste Bonds zum Croupier herüber, oder darauf, daß Bond plötzlich im Stuhl zusammensackte, das Gesicht zu einem gellenden Brüllen verzerrt.

»Trois.«

Bond blickte zu Vesper und Felix Leiter hinüber. Beide lächelten und unterhielten sich. Diese Idioten! Wo steckte Mathis? Wo waren seine berühmten Leute?

»Quatre.«

Und die übrigen Zuschauer. Diese Masse quatschender Idioten. Sah denn niemand, was los war? Auch nicht der Croupier oder der Chef de partie oder der Huissier?

»Cinq.«

Der Croupier ordnete die einzelnen Bündel. Der Chef de partie sah lächelnd zu Bond herüber. Sobald der Croupier fertig war, würde er bekanntgeben: »Le jeux est fait.« Und dann würde der Kerl abdrücken – ob er nun bis zehn gezählt hätte oder nicht.

»Six.«

Bond hatte einen Entschluß gefaßt. Es war für ihn eine Chance. Unauffällig legte er beide Hände auf die Tischkante, umspannte sie mit den Fingern, preßte seinen Rücken gegen die Stuhllehne und spürte dabei das scharfkantige Korn der Pistole, das sich in sein Steißbein bohrte.

»Sept.«

Mit hochgezogenen Augenbrauen blickte der Chef de partie den Bankhalter an und wartete, daß Le Chiffre mit einem Kopfnicken andeuten würde, daß er bereit wäre.

Unvermittelt warf sich Bond mit aller Kraft nach rückwärts. Sein Körpergewicht kippte die Lehne seines Stuhls so schnell nach hinten, daß sie den Spazierstock mit einer der Querleisten traf und ihn dem Pistolenmann aus der Hand schlug, ehe dieser abdrücken konnte.

Hals über Kopf landete Bond vor den Füßen der Zuschauer auf dem Boden, die Beine in die Luft gestreckt. Die Rückenlehne seines Stuhles zersplitterte mit einem durchdringenden Krachen. Irgend jemand schrie erschrocken auf. Die Zuschauer wichen zurück und drängten dann, als weiter nichts geschah, wieder nach vorn. Man half Bond wieder hoch und klopfte ihn ab. Mit dem Chef de partie kam auch der Huissier herangestürzt. Ein Skandal mußte um jeden Preis vermieden werden.

Bond hielt sich am Messinggeländer fest. Er sah verwirrt und verstört aus. Mit der einen Hand fuhr er sich über die Stirn. »Mir ist nur etwas unwohl gewesen«, sagte er. »Nichts Besonderes — nur die Aufregung und die Hitze.«

Man drückte ihm tiefes Mitgefühl aus: natürlich, bei diesem spannungsgeladenen Spiel! Ob Monsieur sich nicht lieber zurückziehen wollten, etwas ausruhen wollten, oder vielleicht heimgehen? Vielleicht sollte man lieber einen Arzt holen?

Bond schüttelte den Kopf. Er wäre wieder völlig in Ordnung. Dann entschuldigte er sich bei den Mitspielern und ebenso bei dem Bankhalter.

Ein neuer Stuhl wurde gebracht, und er setzte sich wieder. Er blickte zu Le Chiffre hinüber. Hinter der Erleichterung, noch am

Leben zu sein, spürte er einen kurzen Triumph über das, was er sah: Angst und Entsetzen in dem fleischigen, blassen Gesicht.

Rings um den Tisch lag das Summen aufgeregter Gespräche. Bonds Nachbarn auf beiden Seiten beugten sich vor und redeten besorgt über die Hitze und die späte Stunde, über den Qualm und den Mangel an frischer Luft.

Bond gab höflich Antwort. Er drehte sich zu den Zuschauern um, die hinter ihm standen. Von dem Pistolenmann war nichts mehr zu sehen; aber der Huissier schien den Besitzer des Spazierstocks zu suchen. Der Stock schien vollkommen heil zu sein — nur die Gummizwinge fehlte. Bond winkte den Huissier mit einer Kopfbewegung heran.

»Geben Sie den Stock doch dem Herrn dort drüben.« Er deutete auf Felix Leiter. »Er wird ihn dem Besitzer zurückgeben. Es ist ein Bekannter von ihm.«

Der Huissier machte eine Verbeugung.

Grimmig überlegte Bond, daß eine flüchtige Untersuchung Leiter sofort klarmachen würde, warum er — Bond — gerade eben eine derartig merkwürdige Vorstellung gegeben hatte.

Dann drehte er sich wieder zum Tisch und klopfte auf den grünen Filz, um anzudeuten, daß er bereit wäre.

13

»La partie continue«, gab der Chef de partie eindrucksvoll bekannt. »Un banco de trente-deux millions.«

Die Zuschauer drängten nach vorn und verrenkten ihre Hälse. Le Chiffre versetzte dem Schuh einen Schlag mit der flachen Hand. Mit einem Hintergedanken holte er dann seinen Inhalator heraus und atmete tief durch die Nase.

»Ein widerlicher Kerl«, sagte Mrs. Du Pont, die links von Bond saß.

Bonds Gedanken waren wieder völlig klar. Wie durch ein Wunder war er einer tödlichen Verletzung entgangen. Er spürte, daß seine Achselhöhlen immer noch naß waren. Aber der Erfolg seines Manövers mit dem Stuhl hatte alle Erinnerungen an jenes entsetzliche Tal der Niederlage, das er gerade hinter sich gelassen hatte, restlos weggewischt.

Er hatte sich lächerlich gemacht. Mindestens zehn Minuten lang war das Spiel unterbrochen gewesen – ein Ereignis, das in keinem ordentlichen Kasino bisher passiert war. Aber jetzt warteten die Karten, die noch in dem Schlitten steckten, auf ihn. Sie durften ihn nicht enttäuschen. Er fühlte sein Herz schneller schlagen, als er an das dachte, was nun kommen würde.

Es war zwei Uhr morgens. Abgesehen von den Zuschauern, die sich um den Bakkarattisch drängten, wurde noch an drei anderen Tischen Chemin-de-fer und an einigen Tischen Roulette gespielt.

In der Stille, die um seinen Tisch herum herrschte, hörte Bond plötzlich die entfernte Stimme eines Croupiers: »Neuf. Le rouge gagne, impair et manque.«

War dies ein Omen für ihn oder für Le Chiffre?

Die beiden Karten kamen über das grüne Meer herübergeglitten.

Wie ein Tintenfisch, der sich unter einem Felsen versteckt hat, beobachtete Le Chiffre ihn von der anderen Seite des Tisches aus.

Bond streckte seine rechte Hand aus, die völlig ruhig war, und zog die Karten zu sich heran. Würde sein Herz in jenen Wirbel geraten, den eine Neun oder auch nur eine Acht auslöst?

Unter dem Schutz seiner Hand warf er einen Blick auf die Karten. Seine Backenmuskeln spannten sich, als er die Zähne zusammenbiß. Sein ganzer Körper versteifte sich in einem Reflex der Selbstbehauptung.

Er hatte zwei Königinnen, zwei rote Königinnen.

Schelmisch blinzelten sie ihm entgegen. Schlechter ging es gar nicht. Sie waren nichts – Zero, Bakkarat!

»Eine Karte«, sagte Bond und kämpfte gegen die Hoffnungslosigkeit in seiner Stimme. Er spürte, wie Le Chiffres Blicke sich in sein Gehirn bohrten.

Langsam drehte der Bankhalter seine eigenen Karten um.

Er hatte drei Punkte – einen König und eine schwarze drei.

Nachdenklich atmete Bond den Zigarettenrauch aus. Er hatte immer noch eine Chance. Jetzt stand er tatsächlich dem Moment der Wahrheit gegenüber. Le Chiffre schlug auf den Schuh und zog eine Karte, Bonds Karte, Bonds Schicksal, und drehte sie langsam um.

Es war eine Neun, eine wunderbare Herz Neun, die Karte, die bei den Zigeunern »das Flüstern der Liebe, das Flüstern des Hasses« heißt – jene Karte, die für Bond beinahe mit Gewißheit Sieg bedeutete.

Der Croupier schob sie vorsichtig zu Bond hinüber. Für Le Chiffre besagte sie nichts, gar nichts. Bond konnte mit den anderen Karten bereits einen Punkt haben, so daß er jetzt zusammen zehn hatte und damit nichts – Bakkarat, wie man es nennt. Oder er konnte bereits zwei Punkte haben, oder drei, vier und sogar fünf; und wenn er vorher fünf Punkte gehabt hatte, waren es mit der Neun zusammen höchstens vier.

Zu dem schwierigsten Entschluß beim Bakkarat gehört es, wenn man selbst drei Punkte hat und eine Neun gibt. Die Chancen zwischen einer weiteren Karte oder keiner sind beinahe gleich. Bond ließ den Bankhalter eine Zeitlang schwitzen. Da seine Neun nur egalisiert werden konnte, wenn die Bank eine Sechs zog, hätte er die Karten normalerweise auf den Tisch gelegt, wenn es sich um ein Spiel unter Freunden gehandelt hätte.

Bonds Karten lagen vor ihm auf dem Tisch: die beiden nichtssagenden blaßroten Kartenrücken und die aufgedeckte Herz Neun Es war möglich, daß die Neun Le Chiffre bereits die Wahrheit oder aber eine Vielzahl von Lügen verriet.

Das ganze Geheimnis lag allein in den beiden verdeckten Karten, in den beiden Königinnen, die das grüne Tuch küßten.

Zu beiden Seiten der Nase lief dem Bankhalter der Schweiß herunter. Seine dicke Zunge fuhr über die Lippen und leckte einen Schweißtropfen aus dem Mundwinkel ab. Er blickte Bonds Karten an, dann seine eigenen und schließlich wieder Bonds drei.

Schließlich schien er sich einen Ruck zu geben und zog sich selbst eine dritte Karte aus dem Schuh.

Er sah sie an. Die Zuschauer renkten sich den Hals aus. Es war eine wunderbare Karte, eine Fünf.

»Huit à la banc«, sagte der Croupier.

Da Bond sich nicht rührte, verzog Le Chiffre plötzlich seinen Mund zu einem tierischen Grinsen. Er hatte also gewonnen.

Der Rechen des Croupiers glitt fast widerwillig über den Tisch. Jeder der Zuschauenden war überzeugt, daß Bond verloren hatte.

Der Rechen warf die beiden blaßroten Karten auf den Rücken. Die lustigen roten Königinnen lächelten in das helle Licht der Lampen.

»Et le neuf.«

Ein großes Stöhnen lief um den Tisch, gefolgt von plötzlich einsetzenden, aufgeregten Gesprächen.

Bonds Blick ruhte auf Le Chiffre. Der kräftige Mann fiel in seinen Stuhl zurück, als hätte er einen Schlag unmittelbar über das Herz bekommen. Sein Mund öffnete und schloß sich protestierend, einmal oder auch zweimal, und seine rechte Hand fuhr an die Kehle. Dann lehnte er sich zurück. Seine Lippen waren grau.

Als der riesige Stapel von Chips über den Tisch hinweg zu Bond geschoben wurde, griff der Bankhalter in die Innentasche seines Jacketts und warf ein Bündel Geldscheine auf den Tisch.

Der Croupier blätterte es durch.

»Un banco de dix millions«, verkündete er. Dann warf er den Gegenwert– zehn Chips zu je einer Million Francs – auf den Tisch.

Das ist der Todesstoß, überlegte Bond. Dieser Mann hat jetzt einen Punkt erreicht, von dem es kein Zurück mehr gibt. Das hier ist der Rest seines Kapitals. Er ist jetzt da, wo ich vor einer Stunde stand, und macht, wie ich vorhin, den letzten Versuch. Aber wenn er verliert, wird ihm niemand zu Hilfe kommen; für ihn gibt es keine hilfreichen Wunder.

Bond lehnte sich zurück und zündete sich eine Zigarette an.

Neben ihm stand plötzlich ein Tischchen mit einem Glas und einer Flasche Clicquot. Ohne nach dem Spender zu fragen, goß Bond das Glas bis zum Rand ein und trank es in zwei großen Zügen aus.

Dann lehnte er sich wieder zurück, die Arme wie ein Ringer auf den Tisch gelegt, der bei Beginn des Kampfes nach einem Halt sucht. Die Spieler zu seiner Linken schwiegen.

»Banco«, sagte er in Le Chiffres Gesicht hinein.

Wieder wurden ihm zwei Karten herübergeschoben, und dieses Mal ließ der Croupier sie in die grüne Lagune zwischen den ausgestreckten Armen fallen.

Bond zog die rechte Hand heran, blickte kurz auf die Karten hinunter und warf sie aufgedeckt mitten auf den Tisch.

»Le neuf«, sagte der Croupier.

Le Chiffre starrte auf seine beiden schwarzen Könige hinunter.

»Et le baccarat.« Und der Croupier schob den dicken Stapel Chips über den Tisch.

Le Chiffre sah zu, wie sie sich mit jenem Millionenhaufen vereinigten, der bereits neben Bonds linkem Arm lag; dann erhob er sich langsam, und ohne noch ein Wort zu verlieren, drängte er sich durch die Menge der Zuschauer. Die Kette des Geländers ließ er einfach zu Boden fallen. Die Zuschauer wichen ihm aus. Neugierig und beinahe ängstlich blickten sie ihn an, als hätte er den Hauch des Todes an sich. Schließlich verschwand er aus Bonds Gesichtsfeld.

Bond stand auf. Er nahm einen Chip über hunderttausend Francs von dem Haufen, der neben ihm lag, und ließ ihn über den Tisch zu dem Chef de partie hinübergleiten. Den dankenden Wortschwall schnitt er mit einer Handbewegung ab und bat den Croupier, den Gewinn zur Kasse zu bringen. Bonds Mitspieler verließen bereits ihre Plätze. Ohne Bankhalter gab es kein Spiel, und außerdem war es mittlerweile halb drei geworden. Bond wechselte noch ein paar freundliche Worte mit seinem rechten und linken Nachbarn, kroch unter dem Geländer hindurch und ging zu Leiter und Vesper hinüber, die auf ihn warteten.

Gemeinsam gingen sie zur Kasse. Bond wurde in das Privatbüro der Kasinodirektion gebeten. Auf dem Tisch lag der riesige Stapel seiner Chips. Er legte noch die hinzu, die er in der Tasche hatte.

Alles in allem waren es mehr als siebzig Millionen Francs.

Bond ließ sich Felix Leiters Geld in bar geben und für den Rest von mehr als vierzig Millionen einen Scheck auf die »Credit Lyonnais« ausstellen. Man gratulierte ihm zu seinem Gewinn. Die Direktoren hofften, daß er am kommenden Abend weiterspielen würde.

Bond gab eine ausweichende Antwort. Er ging zur Bar und gab Leiter das Geld zurück. Einige Minuten unterhielten sie sich noch bei einer Flasche Champagner über das Spiel. Dabei holte Leiter eine Fünfundvierziger-Patrone aus der Tasche und legte sie auf den Tisch.

»Ich habe Mathis die Pistole gegeben«, sagte er. »Er hat sie mitgenommen. Er war über Ihren Sturz genauso verblüfft wie wir. Als es passierte, stand er mit einem seiner Leute in der hintersten Reihe der Zuschauer. Der Pistolenmann entwischte ohne die geringste Schwierigkeit. Sie können sich vorstellen, welche Vorwürfe die beiden sich machten, als sie die Pistole sahen. Mathis gab mir die Patrone, um Ihnen zu zeigen, was Ihnen geblüht hätte. Die Spitze des Geschosses ist abgefeilt wie bei einem Dum-Dum. Sie hätten sicherlich schön ausgesehen. Aber Le Chiffre kann man auch diese Geschichte nicht anhängen. Der Mann ist nämlich allein hereingekommen. Man hat ihm dann das Formular zum Ausfüllen gegeben, damit er eine Karte bekommen konnte. Natürlich stimmt nichts. Dann erhielt er die Erlaubnis, den Stock in das Kasino mitzunehmen; er hatte einen Ausweis als Kriegsbeschädigter. Diese Burschen sind wirklich großartig organisiert. Man hat jedoch seine Fingerabdrücke, die inzwischen nach Paris weitergegeben wurden, so daß wir morgen früh wahrscheinlich etwas mehr wissen.« Felix Leiter klopfte eine neue Zigarette aus seinem Päckchen. »Jedenfalls: Ende gut, alles gut. Zum Schluß haben Sie Le Chiffre ganz schön hochgenommen, obgleich wir wirklich in tausend Nöten schwebten – Sie wahrscheinlich auch.«

Bond lächelte. »Dieser Umschlag war für mich das Wunderbarste, was ich bisher erlebt habe. Ich dachte schon, ich wäre endgültig erledigt. Ein schönes Gefühl war es wirklich nicht. Aber dann kam diese Sache mit dem Freund in der Not. Ich werde mich bemühen, dieses Kompliment eines Tages zurückzugeben.«

Er erhob sich. »Ich will nur eben ins Hotel hinüber und diese Sache loswerden«, sagte er und klopfte dabei auf seine Tasche. »Ich habe nämlich keine Lust, mit Le Chiffres Todesurteil herumzuwandern. Vielleicht kommt er noch auf neue Ideen. Aber dann möchte ich noch ein bißchen feiern. Was halten Sie davon?«

Er wandte sich an Vesper. Sie hatte bisher kaum ein Wort gesagt.

»Wollen wir zusammen hier im Nachtklub noch ein Glas Champagner trinken, bevor wir zu Bett gehen! Roi Galant heißt das Lokal. Ich finde es ganz nett.«

»Das fände ich reizend«, sagte Vesper. »Ich werde mich dann noch etwas überholen, solange Sie Ihren Gewinn verstecken. Wir treffen uns dann hier wieder.«

»Und was ist mit Ihnen, Felix?« Bond hoffte, mit Vesper allein sein zu können.

Leiter sah ihn an und las seine Gedanken.

»Ich würde vor dem Frühstück am liebsten noch ein bißchen schlafen«, sagte er. »Es wird beinahe schon hell, und Paris wird wahrscheinlich den Wunsch haben, daß ich hier morgen noch etwas aufräume. Es sind noch verschiedene lose Fäden da, um die Sie sich aber nicht zu kümmern brauchen. Das erledige ich. Aber ich begleite Sie noch ins Hotel. Schatzschiffe muß man so lange bewachen, bis sie im Hafen liegen.«

Langsam gingen sie durch die Schatten, die der Vollmond auf die Wege warf. Beide hielten ihre Pistolen umklammert. Es war drei Uhr morgens, aber auf den Straßen waren schon einige Leute, und im Hof des Hotels standen mehrere Lastwagen.

Auf dem kurzen Weg passierte nichts.

Im Hotel bestand Leiter darauf, Bond auf sein Zimmer zu bringen. Es war noch genauso, wie Bond es vor sechs Stunden verlassen hatte.

»Also doch kein Begrüßungskomitee«, sagte Leiter. »Aber ich würde denen bis zum letzten Moment nicht trauen. Glauben Sie nicht, daß ich lieber aufbleiben und Sie beide doch begleiten sollte?«

»Sie verschwinden jetzt in Ihr Bett«, sagte Bond. »Machen Sie sich um uns keine Sorgen. Solange ich das Geld nicht bei mir habe, bin ich den Burschen völlig uninteressant, und für diesen Punkt ist mir auch schon etwas eingefallen. Vielen Dank für alles, was Sie heute getan haben. Ich hoffe, daß wir irgendwann wieder einmal zusammenarbeiten werden.«

»Einverstanden«, sagte Leiter, »solange Sie im richtigen Moment eine Neun ziehen. Aber bringen Sie Vesper auch mit«, fügte er trocken hinzu. Dann ging er hinaus und schloß die Tür hinter sich.

Bond gab sich der freundlichen Atmosphäre seines Zimmers hin.

Nach den vielen Menschen, die den Bakkarattisch umlagert hatten, und nach der nervlichen Anspannung des dreistündigen Spiels freute er sich, einen Augenblick allein zu sein, den auf dem Bett liegenden Pyjama und die Haarbürsten auf der Frisierkommode wiederzusehen. Er ging in das Badezimmer, ließ das kalte Wasser über sein Gesicht laufen und gurgelte mit einem scharfen Mundwasser. Er spürte immer noch die Schramme am Hinterkopf und an der linken Seite. Vergnügt erinnerte er sich, an diesem Tag zweimal dem Tode entgangen zu sein, wenn auch nur um Haaresbreite. Würde er etwa die ganze Nacht aufbleiben und warten müssen, daß sie noch einmal zurückkämen, oder war Le Chiffre etwa schon auf dem Wege nach Le Havre oder Bordeaux, um einen Dampfer zu erwischen, der ihn in einen Zipfel dieser Welt brächte, wo er den Augen und den Pistolen von *Smersch* entging?

Bond zuckte mit den Schultern. Dieser Tag hatte ihm genügt. Einen Augenblick sah er in den Spiegel und dachte über Vespers moralische Ansichten nach. Dann wandte er sich ab und holte den Scheck über vierzig Millionen Francs aus der Tasche. Er faltete ihn sehr klein zusammen. Dann öffnete er die Tür und blickte in beide Richtungen des Korridors. Die Tür weit geöffnet und gespannt auf Schritte oder irgendwelche Geräusche horchend, machte er sich mit einem kleinen Schraubenzieher an die Arbeit.

Fünf Minuten später betrachtete er kritisch den Erfolg seiner Handarbeit, füllte sein Zigarettenetui auf, verschloß die Tür, ging in die Halle hinunter, durchquerte sie und trat in das Mondlicht hinaus.

14

Der Eingang des Roi Galant war ein über zwei Meter hoher Goldrahmen, der vielleicht früher einmal das gewaltige Porträt eines europäischen Edelmanns umschlossen hatte. Er stand in einer versteckten Ecke des allgemein zugänglichen Spielsaales, in dem noch an mehreren Tischen gespielt wurde. Als Bond den Arm Vespers nahm und sie über die vergoldete Treppe führte, mußte er das Verlangen unterdrücken, sich an der Kasse Geld zu borgen und am nächsten Tisch um den höchsten Einsatz zu spielen. Er wußte jedoch, daß es lediglich eine unpassende und billige Geste gewesen wäre, »pour épater la bourgeoisie«. Ob er gewänne oder verlöre – es wäre nur ein Schlag in das Gesicht seines Glücks gewesen.

Der Nachtklub war klein und dämmerig, lediglich von Kerzen erhellt, die in vergoldeten Kandelabern steckten und deren warmes Licht von Wandspiegeln reflektiert wurde, die ebenfalls golden gerahmt waren. Die Wände waren mit dunkelroter Seide bespannt, während Stühle und »Banquettes« in einem passenden roten Plüsch überzogen waren. In einer Ecke spielte ein Trio aus Klavier, elektrischer Gitarre und Schlagzeug gerade »La Vie en Rose«.

Sie bekamen einen Ecktisch in der Nähe der Tür. Bond bestellte eine Flasche Veuve Clicquot sowie Rühreier mit Speck.

Eine Zeitlang hörten sie der Kapelle zu. Schließlich sagte Bond: »Ich finde es wunderbar, mit Ihnen hier zu sitzen und zu wissen, daß der Auftrag erledigt ist. Es ist ein bezaubernder Abschluß: die Preisverteilung.«

Er erwartete, daß sie ihn anlächeln würde. Statt dessen sagte sie mit beinahe spröder Stimme: »Das finde ich auch.« Sie schien aufmerksam der Musik zuzuhören; der eine Ellbogen ruhte auf dem Tisch, und die Hand stützte ihr Kinn, aber mit dem Handrücken und nicht mit der Handfläche. Und Bond bemerkte überdies, daß ihre Knöchel so weiß hervortraten, als hätte sie die Hand zur Faust geballt.

Mit Daumen und den ersten beiden Fingern ihrer Rechten hielt sie eine von Bonds Zigaretten, wie ein Künstler den Bleistift hält, und obgleich sie beim Rauchen völlig gelassen wirkte, stieß sie die Zigarette leicht gegen die Wand des Aschbechers, auch wenn sich noch gar keine Asche gebildet hatte.

Bond bemerkte diese Kleinigkeiten, weil er ihre Gegenwart mit allen Fasern spürte und weil er sie gern in sein eigenes Gefühl von Wärme und Entspanntheit einbezogen hätte. Er respektierte jedoch ihre Reserviertheit. Er glaubte, sie wäre nur aus dem Wunsch entstanden, sich vor ihm zu schützen, oder es wäre ihre Reaktion auf seine Kühle, die er ihr gegenüber beim Abendessen gezeigt und die sie als Zurückweisung empfunden hatte.

Er war geduldig. Er trank Champagner und erzählte von den Ereignissen des vergangenen Tages, erzählte von Mathis und Leiter und sprach von den möglichen Folgen für Le Chiffre. Er hielt sich zurück und redete nur von diesem Fall, in den man sie in London sicherlich kurz eingewiesen hatte.

Sie antwortete mechanisch. Sie sagte, daß sie die beiden Pistolenmänner natürlich bemerkt hätten, daß sie sich jedoch nichts dabei gedacht hätten, als der Mann mit dem Stock hinter Bonds Stuhl stand. Sie konnten doch auch nicht annehmen, daß im

Kasino etwas geschehen würde. Nachdem Bond mit Leiter zum Hotel hinübergegangen wäre, hätte sie Paris angerufen und M's Mittelsmann das Ergebnis des Spiels mitgeteilt. Sie hätte sich vorsichtig ausdrücken müssen, und der Mittelsmann hätte ohne jeden Kommentar abgehängt. Dieses Gespräch wäre ihr damals ohne Rücksicht auf das Ergebnis aufgetragen worden. M hätte gebeten, die Nachricht sofort an ihn persönlich weiterzugeben – ganz gleich, ob bei Tag oder bei Nacht.

Mehr sagte sie nicht. Sie nippte an ihrem Glas und blickte Bond nur selten an. Sie lächelte auch nicht. Bond fühlte sich enttäuscht. Er trank ziemlich viel Champagner und bestellte eine weitere Flasche. Dann wurden die Rühreier serviert, und sie aßen schweigend.

Um vier Uhr wollte Bond sich gerade die Rechnung bringen lassen, als der Maître d'hôtel an ihrem Tisch auftauchte und nach Miss Lynd fragte. Er übergab ihr einen Zettel, den sie hastig überflog.

»Nur von Mathis«, sagte sie. »Er bittet mich, in die Halle zu kommen. Er möchte Ihnen irgend etwas bestellen. Anscheinend ist er nicht passend angezogen, oder so etwas. Es dauert nur einen Augenblick. Dann können wir vielleicht auch nach Hause gehen.«

Sie lächelte ihn mühsam an. »Ich fürchte, ich war heute abend keine sehr erfreuliche Gesellschaft. Aber der Tag war auch so anstrengend. Es tut mir wirklich leid.«

Bond gab eine nichtssagende Antwort, stand auf und schob dabei den Tisch zurück. »Ich werde inzwischen bezahlen«, sagte er und sah ihr nach, wie sie die wenigen Schritte zur Tür ging.

Er setzte sich wieder hin und zündete eine Zigarette an. Er fühlte sich schlapp. Und plötzlich erkannte er, daß er müde war. Die Stickigkeit des Nachtlokals fiel ihm genauso auf wie nachmittags im Kasino. Er ließ sich die Rechnung bringen und trank das letzte Glas Champagner. Es schmeckte bitter – wie immer, wenn er zuviel getrunken hatte. Am liebsten hätte er jetzt das vergnügte Gesicht von Mathis gesehen und selbst gehört, was er zu sagen hatte, und wenn es nur seine Gratulation gewesen wäre.

Plötzlich kam ihm der Zettel, den Vesper eben bekommen hatte, merkwürdig vor. So etwas sah Mathis überhaupt nicht ähnlich. Er hätte vielmehr nicht nur Vesper, sondern auch ihn in die Bar des Kasinos kommen lassen, oder er wäre zu ihnen in den Nachtklub gekommen, ohne Rücksicht auf seinen Anzug. Sie hätten zusammen gelacht, und Mathis wäre bestimmt sehr angeregt gewesen. Er hatte Bond viel zu erzählen – viel mehr als Bond ihm: die Verhaftung des Bulgaren, der wahrscheinlich noch einiges ausgeplaudert hatte, die Jagd nach dem Mann mit dem Spazierstock und alles, was Le Chiffre nach Verlassen des Kasinos unternommen hatte.

Bond riß sich zusammen. Eilig bezahlte er und wartete gar nicht erst auf das Wechselgeld. Er stieß vielmehr den Tisch zurück und verließ das Lokal mit schnellen Schritten, ohne auf die Gute-Nacht-Wünsche des Maître d'hôtel und des Portiers zu achten.

Er lief beinahe durch den Spielsaal und blickte sich aufmerksam in der Eingangshalle um. Er fluchte und beschleunigte dann seinen Schritt. In der Halle standen lediglich zwei Kasinoangestellte sowie zwei oder drei Männer und Frauen in Abendkleidern, die an der Garderobe warteten.

Von Vesper keine Spur – und auch nicht von Mathis.

Er rannte jetzt fast, kam zum Eingang, blickte von der Treppe nach rechts und nach links und sah nur die letzten parkenden Wagen.

Der Commissionaire war ihm gefolgt. »Ein Taxi, Monsieur?«

Bond scheuchte ihn zur Seite und lief die Treppe hinunter. Seine Augen starrten suchend in die Schatten, und auf den feuchten Schläfen spürte er die kühle Nachtluft.

Er war noch auf halber Höhe der Treppe, als er einen schwachen Schrei hörte, kurz darauf das Zuschlagen einer Wagentür von rechts. Mit aufheulendem Motor schoß gleich darauf ein Citroën aus dem Schatten in das Mondlicht hinaus, und die angetriebenen Vorderräder des Wagens drehten auf dem Kies der Auffahrt einen Moment durch.

Der Wagen schaukelte auf seiner weichen Federung, als fände im Wageninnern ein erbitterter Kampf statt.

In einer Wolke aufstiebenden Staubs jagte der Wagen bereits durch das breite Tor der Einfahrt. Ein kleiner schwarzer Gegenstand flog aus dem heruntergedrehten hinteren Fenster und landete in einem Blumenbeet. Schrill quietschten die Reifen auf, als der Wagen nach links gerissen wurde; der Motor jaulte im zweiten Gang, das Getriebe krachte, als er in den dritten geschaltet wurde, und dann wurde das ohrenbetäubende Dröhnen des Auspuffs langsam leiser, als der Wagen zwischen den Geschäften hindurch zu der Hauptstraße raste, die direkt zur Küstenstraße führte.

Bond wußte genau, daß er Vespers Handtasche im Blumenbeet finden würde.

Über den Kies rannte er zu der hellerleuchteten Treppe zurück und durchwühlte ihren Inhalt, während der Commissionaire zögernd näher kam.

Zwischen den Dingen, die sich üblicherweise in einer Handtasche befinden, lag der zusammengeknüllte Zettel.

»Können Sie einen Augenblick in die Halle kommen? Ich habe neue Nachrichten für Ihren Begleiter.

René Mathis.«

15

Das war eine ganz grobe Fälschung.

Bond rannte zu seinem Bentley und segnete den Einfall, in seinem Wagen zum Abendessen hierhergefahren zu sein. Mit herausgezogener Starterklappe sprang der Motor sofort an, und sein Dröhnen erstickte die stammelnden Worte des Commissionaire, der zur Seite sprang, als die Hinterräder den Kies gegen seine engen Hosenbeine schleuderten.

Als der Wagen außerhalb der Einfahrt nach links rutschte,

hätte Bond viel dafür gegeben, wenn sein Wagen ebenfalls Frontantrieb und dazu noch das niedrige Chassis des Citroën gehabt hätte. Dann aber schaltete er sehr schnell hoch, richtete sich möglichst bequem für die Verfolgungsfahrt ein und lauschte kurz dem Echo des dröhnenden Auspuffs, das von den Häuserwänden der kurzen Hauptstraße zurückgeworfen wurde.

Wenig später war er bereits auf der Küstenstraße, die sehr breit war und mitten durch die Sanddünen führte. Von seiner morgendlichen Fahrt wußte er bereits, daß sie eine ausgezeichnete Fahrbahn hatte und daß die Kurven mit Katzenaugen markiert waren. Ständig stieg die Tourenzahl des Motors, der den Wagen mit hundertdreißig und dann sogar mit hundertfünfzig Kilometern vorwärts riß, während die großen Scheinwerfer einen sicheren weißen Tunnel in die Dunkelheit bohrten, der fast achthundert Meter lang war.

Er wußte, daß der Citroën hier entlanggefahren war. Er hatte den Motor gehört, und außerdem hing noch eine dünne Staubwolke in den Kurven. Er hoffte, bald das Licht der Scheinwerfer vor sich entdecken zu können. Die Nacht war ruhig und klar. Nur draußen auf See mußte ein leichter Sommernebel liegen, denn in bestimmten Zeitabständen konnte er die Nebelhörner hören, die wie eiserne Kühe zur Küste herüberbrüllten.

Während er den Wagen schneller und immer schneller durch die Nacht jagte, verfluchte er mit der anderen Hälfte seiner Gedanken Vesper — und auch M, der sie hergeschickt hatte.

Genau das hatte er befürchtet. Diese geschwätzigen Weiber, die glaubten, die Arbeit eines Mannes tun zu können. Warum konnten sie nicht zu Hause bleiben und sich um ihre Töpfe und Pfannen kümmern, sich mit Kleidern und Klatsch begnügen und Männerarbeit den Männern überlassen!? Jetzt saß er in dieser Klemme, nachdem alles so schön zu Ende gegangen war. Nur weil Vesper auf einen uralten Trick hereingefallen und prompt geschnappt worden war; und jetzt forderten ihre Entführer — wie in einem schlechten Film — vermutlich ein Lösegeld für sie. Diese alberne Ziege!

Bond kochte bei dem Gedanken an den Schlamassel, in den er geraten war.

Völlig klar – die Kerle wollten ein richtiges Tauschgeschäft machen: das Mädchen gegen den Scheck über vierzig Millionen. Gut. Aber er würde nicht mitspielen; nicht im Traum würde er daran denken! Sie war schließlich beim Service und wußte, was ihr blühen konnte. Er würde nicht einmal bei M anfragen. Diese ganze Geschichte war erheblich wichtiger als sie. Trotzdem war es Mist. Sie war ein feiner Kerl – aber er wäre auf diesen kindischen Trick nicht hereingefallen, bestimmt nicht. Er würde also versuchen, den Citroën einzuholen und die Reifen zu zerschießen, und wenn sie dabei etwas abbekam, war es auch Mist. Er würde dann jedenfalls alles versucht haben, sie zu befreien, bevor sie in irgendein Versteck geschafft wurde; aber wenn er den Wagen nicht einholen konnte, würde er ins Hotel zurückfahren, sich ins Bett legen und nicht mehr darüber reden. Morgens würde er dann Mathis fragen, was mit ihr passiert wäre, und ihm den Zettel zeigen. Sollte Le Chiffre dann mit ihm – Bond – Verbindung aufnehmen und ihm das Mädchen gegen den Scheck anbieten, würde er nichts unternehmen und auch nicht darüber sprechen. Damit mußte sie sich abfinden. Und wenn der Commissionaire dann erzählen würde, was er gesehen hätte, würde er – Bond – einfach bluffen und erklären, daß er betrunken gewesen wäre und sich mit dem Mädel gestritten hätte.

Bonds Gedanken kämpften fieberhaft mit diesem Problem, während er den großen Wagen die Küstenstraße entlangjagte, automatisch die Kurven nahm und auf entgegenkommende Fahrzeuge achtete. Auf geraden Strecken stieß der Kompressor den Pferden des Bentley die Sporen in die Seiten, und der Motor schickte sein helles Schmerzgeheul in die Nacht hinaus. Die Tachometernadel pendelte, bis sie zitternd bei 200 stehenblieb.

Er wußte, daß er dem anderen Wagen sehr schnell näher kommen mußte. Der Citroën war so beladen, daß er selbst auf dieser Straße bestenfalls seine hundertdreißig Kilometer laufen konnte. Aus einem plötzlichen Entschluß heraus ging Bond mit der Geschwindigkeit herunter; er schaltete die Nebelscheinwerfer ein und die normalen Scheinwerfer aus. Und ohne den blendenden Vorhang der eigenen Scheinwerfer vor sich sah er auf einmal das Licht eines anderen Wagens, der vielleicht noch drei Kilometer vor ihm war.

Er griff unter das Armaturenbrett und holte aus einem versteckten Fach einen langläufigen Colt, den er auf den Beifahrersitz legte. Wenn die Straße gut war, konnte er mit diesem Revolver auf eine Entfernung bis zu hundert Metern vielleicht die Reifen oder den Tank treffen.

Dann schaltete er die großen Scheinwerfer wieder ein und machte sich an die Verfolgung. Er war ganz ruhig und entspannt. Das Problem Vesper war kein Problem mehr. In dem blauen Licht des Armaturenbretts war sein Gesicht zwar ernst, aber trotzdem gelöst.

In dem Citroën saßen drei Männer und das Mädchen.

Le Chiffre fuhr, den schweren und weichen Körper leicht nach vorn geneigt, die Hände leicht und unverkrampft auf dem Lenkrad. Neben ihm saß der Untersetzte, der im Kasino den Spazierstock bei sich gehabt hatte. Mit seiner linken Hand umfaßte er einen Hebel, der neben seinem Sitz fast waagerecht auf dem Boden lag. Genausogut hätte dieser Hebel zum Verstellen des Sitzes dienen können.

Auf der Rückbank saß der große schlanke Mann; vielmehr lag er beinahe, starrte an die Decke und schien sich für das wilde Tempo des Wagens überhaupt nicht zu interessieren. Seine rechte Hand hielt Vespers linken Knöchel gepackt, die neben ihm ausgestreckt saß.

Abgesehen von den Beinen, die bis zu den Hüften hinauf nackt waren, war Vesper nur ein Paket. Ihr langer schwarzer Samtrock war über Arme und Kopf gezogen und oberhalb des Kopfes zugeschnürt. In Höhe ihres Gesichts war ein Loch in den Stoff geschnitten, so daß sie wenigstens atmen konnte. Sonst aber war sie nicht gefesselt; völlig ruhig lag sie in ihrer Ecke, und ihr Körper wiederholte träge jede schwankende Bewegung des Wagens.

Le Chiffre blickte abwechselnd auf die Straße und in den Rückspiegel, in dem Bonds Scheinwerfer langsam immer größer wurden. Es schien ihn auch nicht zu stören, als keine zwei Kilometer den Hasen von den Hunden trennten, denn er verlangsamte das Tempo sogar noch. Und als er den Wagen durch eine Kurve gebracht hatte, ging er mit der Geschwindigkeit noch weiter herunter. Wenige hundert Meter machte ein Vorweiser auf die Kreuzung mit einem schmalen Landweg aufmerksam.

»Attention«, sagte er scharf zu dem neben ihm sitzenden Mann.

Die Finger des Mannes umspannten den Hebel.

Hundert Meter vor der Kreuzung betrug die Geschwindigkeit nur noch knapp fünfzig Kilometer. Im Rückspiegel sah man Bonds Scheinwerfer, die die Kurve anstrahlten.

Le Chiffre schien einen Entschluß gefaßt zu haben.

»Allez!«

Der neben ihm sitzende Mann riß den Hebel hoch. Die Kofferklappe des Wagens glich plötzlich dem aufgerissenen Maul eines Wales. Auf der Straße klirrte es merkwürdig, gefolgt von einem rhythmischen Rasseln, als zöge der Wagen eine lange Kette hinter sich her.

»Coupez!«

Der Mann drückte den Hebel nach unten, und plötzlich war auch das Rasseln verstummt.

Le Chiffre blickte in den Rückspiegel. Bonds Wagen bog gerade in die Kurve. Le Chiffre riß den Wagen herum und bog nach links in den schmalen Landweg; in der gleichen Sekunde schaltete er die Beleuchtung aus.

Mit quietschenden Reifen blieb der Wagen unvermittelt stehen; die drei Männer sprangen heraus und rannten geduckt zu einer flachen Hecke, die unmittelbar an der Küstenstraße stand und jetzt im grellen Licht von Bonds Scheinwerfern lag. Jeder hatte einen Revolver in der Hand, und der Dünne hielt in der Rechten außerdem noch einen Gegenstand, der wie ein sehr großes schwarzes Hühnerei aussah.

Mit dem schrillen Kreischen eines D-Zuges raste der Bentley auf sie zu.

16

Als Bond den Wagen durch die Kurve zog und die Neigung durch eine leichte Körperbewegung ausglich, überlegte er gerade, was er tun konnte, wenn der Abstand zwischen den beiden Fahrzeugen noch geringer geworden war. Er stellte sich vor, daß der Fahrer des Citroën wenn er die Möglichkeit hatte – bestimmt versuchen würde, in einen Seitenweg abzubiegen. Als er aus der Kurve heraus war und vor sich keine Scheinwerfer mehr sah, war es daher nur eine natürliche Reaktion, daß er das Gas wegnahm und bereit war zu bremsen, nachdem er den Vorweiser gesehen hatte.

Mit kaum noch hundert Stundenkilometern näherte er sich dem dunklen Fleck auf der rechten Fahrbahn, den er für den Schatten eines Straßenbaumes hielt. Aber selbst dann hatte er keine Zeit mehr, ihm auszuweichen. Plötzlich sah er unmittelbar vor dem linken Vorderrad einen Teppich glitzernder Stahlnägel, und fast im gleichen Augenblick war er schon darüber hinweg.

Automatisch trat Bond mit aller Kraft auf die Bremse und spannte alle Muskeln an, um den unvermeidlich nach links schleudernden Wagen auf der Straße zu halten; es gelang ihm jedoch nur für den Bruchteil einer Sekunde. Als die Decke des linken Vorderrades in Fetzen davonflog und die Felge für einen winzigen Augenblick über den Straßenbelag knirschte, schleuderte der schwere Wagen quer über die Straße, rammte die linke Straßenbegrenzung mit einem Anprall, der Bond vom Fahrersitz hinunter auf den Boden warf, und rutschte rückwärts über die Böschung, so daß die Vorderräder sich in der Luft drehten und die großen Scheinwerfer in den Himmel leuchteten. Für den Bruchteil einer Sekunde blieb der Wagen mit dem Tank hängen; dann aber überschlug er sich ganz langsam hintenüber, und man hörte nur noch das Splittern und Krachen von Blech und Glas.

In der betäubenden Stille flüsterten die Vorderräder noch kurze Zeit weiter und blieben dann leise quietschend stehen.

Le Chiffre brauchte mit seinen beiden Leuten von seinem Versteck nur ein paar Schritte zu gehen.

»Steckt die Pistolen weg, und holt ihn heraus«, befahl er kurz. »Ich passe schon auf. Aber vorsichtig – eine Leiche kann ich nicht gebrauchen. Und beeilt euch, es wird schon hell.«

Die beiden Männer knieten sich auf den Boden. Der eine holte ein langes Messer hervor, schlitzte das Verdeck an der Seite auf und griff nach Bonds Schultern. Bond war bewußtlos und eingeklemmt. Der andere zwängte sich zwischen den Erdboden und den Wagen, der auf dem Dach lag, und kroch mit dem Oberkörper durch den eingedrückten Rahmen der Windschutzscheibe. Er befreite Bonds Beine, die zwischen Steuerrad und Verdeck eingeklemmt waren; und dann zerrten sie ihn durch das Loch im Verdeck heraus.

Als Bond schließlich auf der Straße lag, waren die beiden nicht nur schweißnaß, sondern auch mit Dreck und Öl bedeckt.

Der Dünne legte seine Hand auf Bonds Herz und schlug ihn dann rechts und links in das Gesicht. Bond grunzte und bewegte die eine Hand. Der Dünne schlug noch einmal zu.

»Das genügt«, sagte Le Chiffre. »Bindet ihm die Arme zusammen und setzt ihn in den Wagen. Hier.« Er warf dem Mann eine Rolle Draht zu. »Leert zuerst seine Taschen und gebt mir seine Pistole. Vielleicht hat er noch andere Waffen bei sich, aber das hat Zeit bis nachher.«

Er nahm die Sachen, die der Dünne ihm gab, und stopfte sie wie auch Bonds Beretta in seine großen Taschen, ohne sie näher anzusehen. Dann überließ er den beiden die Arbeit und ging zum Wagen zurück. Auf seinem Gesicht zeigte sich weder Freude noch Erregung.

Der scharfe Schmerz, mit dem der Draht in seine Handgelenke schnitt, brachte Bond wieder zu sich. Sein ganzer Körper schmerzte, als wäre er durchgeprügelt worden; als er jedoch hochgerissen und in Richtung des schmalen Landweges vorwärts gestoßen wurde, auf dem der Citroën mit leise summendem Motor stand, merkte er, daß er sich keinen Knochen gebrochen hatte. Er hatte aber auch keine Lust, gerade jetzt einen verzweifelten Fluchtversuch zu machen, sondern ließ sich widerstandslos auf die Rückbank des Wagens ziehen.

Er war nicht nur verzweifelt, sondern seelisch und körperlich zerschlagen. Die letzten vierundzwanzig Stunden waren schon für ihn zuviel gewesen, aber dieser letzte Streich seiner Gegner war mehr, als er aushalten konnte. Dieses Mal würde kein Wunder geschehen. Niemand wußte, wo er war, und bis zum Morgen würde auch niemand sein Verschwinden bemerken. Das Wrack seines Wagens würde zwar bald entdeckt werden, aber es würde Stunden dauern, bis man ihn als den Besitzer festgestellt hatte.

Und Vesper. Er blickte nach rechts, an dem Dünnen vorbei, der sich mit geschlossenen Augen zurückgelehnt hatte. Seine erste Reaktion war Spott. Diese dämliche Person. Da saß sie jetzt zusammengewickelt wie ein tiefgekühltes Huhn, und man hatte ihr den Rock über den Kopf gezogen, als spiele die ganze Geschichte in einem Schlafzimmer. Aber dann tat sie ihm leid. Ihre nackten Beine sahen so kindlich und wehrlos aus.

»Vesper«, sagte er leise.

Aus dem Bündel in der Ecke kam keine Antwort, und Bond spürte plötzlich ein kaltes Gefühl im Nacken; aber dann regte es sich leise.

Im gleichen Augenblick versetzte ihm der Dünne einen scharfen Schlag mit dem Handrücken unmittelbar über das Herz.

»Ruhe!«

Bond krümmte sich vor Schmerz und versuchte, sich vor dem nächsten Schlag zu schützen. Dafür bekam er einen Schlag mit der Handkante in das Genick, so daß er automatisch zurückfuhr und pfeifend durch die geschlossenen Zähne atmete.

Beide Schläge des Dünnen hatten haargenau gesessen, und diese Genauigkeit wie auch die Mühelosigkeit hatten etwas Erschreckendes an sich. Inzwischen hatte er sich schon wieder mit geschlossenen Augen zurückgelehnt. Er war ein Mensch, vor dem man sich fürchten mußte — ein teuflischer Mensch. Bond hoffte nur auf eine Möglichkeit, ihn umbringen zu können.

Plötzlich wurde die Kofferklappe des Wagens aufgerissen, und dann klirrte es hinten. Wahrscheinlich hatten sie auf den dritten gewartet, der die Nagelkette geholt hatte; vermutlich war es eine ähnliche, wie sie die Résistance im Krieg verwendet hatte.

Wieder mußte Bond unwillkürlich an die Großzügigkeit der Organisation und an die vielseitige Ausrüstung dieser Leute denken. Hatte M sie vielleicht doch unterschätzt? Er widerstand dem Wunsch, alle Schuld auf London zu schieben. Er allein hätte es wissen müssen; er hätte von den vielen Kleinigkeiten gewarnt und unendlich vorsichtig sein müssen. Er wand sich bei dem Gedanken, daß er im Roi Galant ein Glas Champagner nach dem anderen getrunken hatte, während der Gegner den nächsten Zug vorbereitete. Er verfluchte sich und seine Dummheit, die ihm vorgegaukelt hatte, daß die Schlacht gewonnen und der Feind auf der Flucht wäre.

Le Chiffre hatte die ganze Zeit kein Wort gesagt. Als die Kofferklappe zuschlug, sprang der dritte in den Wagen, und Le Chiffre fuhr rückwärts auf die Küstenstraße. Und kurze Zeit darauf raste der Wagen mit mehr als hundert Stundenkilometern wieder die Küste entlang.

Es war inzwischen dämmerig geworden — nach Bonds Schätzung mußte es gegen fünf Uhr sein — und nach zwei oder drei Kilometern mußte die Abzweigung kommen, die zu Le Chiffres Villa führte. Er hatte nicht geglaubt, daß sie Vesper dorthin mitnehmen würden. Als er jetzt merkte, daß das Mädchen nur der Köder gewesen war, wurde ihm alles klar.

Trotzdem war es ein äußerst unerfreuliches Bild. Zum erstenmal seit seiner Gefangennahme kroch Bond die Angst das Rückgrat hinauf.

Zehn Minuten später bog der Citroën nach links ab, fuhr einige hundert Meter eine kleine, teilweise mit Gras überwachsene Nebenstraße entlang und dann zwischen zwei schiefstehenden Torpfeilern hindurch in ein ungepflegtes Grundstück, das von einer hohen Mauer eingefaßt war. Der Wagen hielt vor einer weißgestrichenen Tür, von der die Farbe bereits abblätterte. Über der verrosteten Türklingel, die am Türrahmen angebracht war, stand mit Metallbuchstaben auf einer Holzplatte »Les Noctambules«, und darunter »Sonnez SVP«.

Soweit Bond die Vorderfront sehen konnte, war es eine Villa im hier üblichen Baustil. Er konnte sich genau vorstellen, wie im Frühjahr die toten Fliegen zusammengekehrt und die muffigen Räume von einer Reinmachefrau kurz gelüftet wurden, die der in Royale wohnende Hausverwalter hergeschickt hatte. Alle fünf Jahre wurden sämtliche Zimmer, Fenster und Türen frisch gestrichen, und für ein paar Wochen zeigte das Haus dann der Umwelt ein strahlendes Gesicht. Aber dann kamen die winterlichen Regengüsse und die eingesperrten Fliegen, und nach kurzer Zeit sah die Villa dann genauso heruntergekommen aus wie vorher.

Aber für Le Chiffres Absichten war sie hervorragend geeignet — wenn Bond mit dem, was er erwartete, recht haben sollte. Seit seiner Gefangennahme waren sie an keinem Haus vorbeigekommen, und von seiner gestrigen Erkundungsfahrt wußte er, daß nur weiter südlich ein einzelner Bauernhof lag, mehrere Kilometer von diesem Haus entfernt.

Als der Dünne ihn mit seinem Ellbogen so in die Rippen stieß, daß ihn ein glühender Schmerz durchzuckte, und ihn damit zum Aussteigen aufforderte, wußte er, daß Le Chiffre sich mit ihnen mehrere Stunden lang völlig ungestört beschäftigen konnte. Wieder überlief ihn eine Gänsehaut.

Le Chiffre schloß die Tür auf und verschwand im Haus. Vesper, die im ersten Licht des Tages unglaublich unanständig aussah, wurde hinter ihm hergestoßen, gefolgt von dem Mann, den Bond für sich als »der Korse« bezeichnete und der einen

Schwall gemeiner Worte vor sich hin murmelte. Bond folgte, ohne dem Dünnen die Möglichkeit zu geben, ihn erst auffordern zu müssen. Der Schlüssel der Haustür wurde umgedreht.

Le Chiffre stand in der Tür eines Zimmers, das gleich rechts lag. Mit einer Bewegung des Zeigefingers forderte er Bond wortlos auf, zu ihm zu kommen.

Vesper verschwand in einem Korridor, der in den hinteren Teil des Hauses führte. In diesem Augenblick war Bond zu allem entschlossen.

Mit einem wilden Tritt nach rückwärts, der das Schienbein des Dünnen traf, so daß dieser vor Schmerz durch die Zähne pfiff, warf Bond sich herum und rannte hinter Vesper her. Er konnte sich nur mit seinen Füßen wehren, und er hatte daher auch keinen bestimmten Plan – bis auf den, die beiden Pistolenmänner möglichst kampfunfähig zu machen und ein paar hastige Worte mit dem Mädchen zu wechseln. Etwas anderes war gar nicht möglich. Er wollte ihr nur sagen, nicht weich zu werden.

Als der Korse sich auf den Lärm hin umdrehte, war Bond bereits bei ihm, und sein rechter Fuß versuchte, die Leistengegend des Untersetzten zu treffen.

Wie ein Blitz ließ der Korse sich rückwärts gegen die Korridorwand fallen, und als Bonds Fuß in Höhe seiner Hüfte war, griff er blitzschnell, aber doch genau berechnet, mit der linken Hand zu, packte das Fußgelenk und drehte den Fuß zur Seite.

Aus dem Gleichgewicht gebracht, verlor auch Bonds linker Fuß den Halt. Noch in der Luft drehte sich sein ganzer Körper, und mit dem ganzen Schwung seines Trittes krachte er seitwärts auf den Fußboden.

Einen Augenblick lang blieb er so liegen und konnte keine Luft bekommen. Dann aber war der Dünne da, packte ihn am Kragen und schleuderte ihn gegen die Wand. In der Hand hielt er eine Pistole. Fragend blickte er Bond in die Augen. Dann beugte er sich in aller Ruhe zu ihm hinunter und hieb den Lauf voller Bosheit gegen Bonds Schienbeine. Bond grunzte auf und fuhr zusammen.

»Das nächste Mal kriegst du das Ding zwischen die Zähne«, sagte der Dünne in schlechtem Französisch.

Eine Tür schlug zu. Vesper und der Korse waren verschwunden. Bond drehte den Kopf nach rechts. Le Chiffre war ein paar Schritte auf die Diele herausgekommen. Er hob die Hand und winkte Bond wieder mit dem Finger zu. Dann sagte er zum erstenmal etwas.

»Kommen Sie, mein lieber Freund. Wir verschwenden unsere Zeit.«

Er sprach ein akzentfreies Französisch. Seine Stimme war leise, sanft und ruhig. Er zeigte nicht die geringste Regung. Genauso konnte ein Arzt seinen Patienten auffordern, endlich in das Sprechzimmer zu kommen – einen hysterischen Patienten, der sich den Bemühungen der Krankenschwester widersetzt hatte.

Wieder fühlte Bond sich schwach und unfähig. Nur ein Mann, der Jiu-Jitsu vollständig beherrschte, konnte seinen Angriff so abwehren, wie der Korse es ohne jede Anstrengung und ohne viel Aufhebens getan hatte. Die eiskalte Genauigkeit, mit der der Dünne ihm mit der gleichen Münze heimgezahlt hatte, war genauso überlegt und fast artistisch gewesen.

Ergeben ging Bond wieder zurück. Erreicht hatte er nichts – abgesehen von ein paar zusätzlichen Schrammen als Beweis seines unbeholfenen Widerstandes gegen diese Leute. Als er vor dem Dünnen über die Schwelle des Zimmers ging, wußte er, daß er diesen Männern völlig und unwiderruflich ausgeliefert war.

17

Es war ein großes, fast kahles Zimmer, spärlich mit billigen französischen »Stilmöbeln« ausgestattet. Es war auch schwierig zu sagen, ob es Wohnzimmer oder Eßzimmer sein sollte, denn eine ausgesprochen häßliche Anrichte mit einem Spiegel in der Mitte sowie einer orangefarbenen Obstschale und zwei bemalten Kerzenhaltern aus Holz nahm den größten Teil jener Wand ein, die der Tür gegenüber lag; sie paßte überhaupt nicht zu dem Sofa mit dem verschossenen rosa Bezug, das an der anderen Wand stand.

Unter der Deckenlampe, die aus Alabaster war, stand auch kein Tisch; dort lag nur ein kleiner, abgetretener Teppich mit einem futuristischen Muster aus kontrastierendem Braun.

Vor dem Fenster stand ein widersinniger, thronähnlicher Sessel aus geschnitzter Eiche mit rotem Samtpolster, ein niedriger Tisch mit einer leeren Wasserkaraffe und zwei Gläsern sowie ein leichter Sessel mit einem Sitz aus geflochtenem Rohr und ohne Kissen.

Halbgeschlossene Fensterläden versperrten den Blick, ließen jedoch die Sonnenstrahlen durch, die auf den wenigen Möbelstücken, auf den leuchtend hellen Tapeten und auf den braunen, gemaserten Dielenbrettern lagen.

Le Chiffre deutete auf den Stuhl mit dem Rohrgeflecht.

»Der ist genau richtig«, sagte er zu dem Dünnen. »Mach ihn schnell fertig. Und wenn der Kerl sich sträubt, tu ihm nicht zuviel.«

Er wandte sich an Bond. Auf seinem großen Gesicht lag nicht der geringste Ausdruck, und seine runden Augen blickten völlig uninteressiert. »Ziehen Sie sich aus. Für jeden Versuch des Widerstandes wird Basil Ihnen einen Finger brechen. Wir sind ernsthafte Leute, und Ihre Gesundheit interessiert uns nicht im geringsten. Ob Sie weiterleben oder sterben, hängt allein von dem Ergebnis des Gespräches ab, das wir nachher führen werden.«

Er machte eine kleine Handbewegung zu dem Dünnen hin und verließ das Zimmer.

Das erste, was der Dünne tat, war sehr merkwürdig. Er öffnete das Klappmesser, mit dem er schon das Verdeck von Bonds Wagen aufgeschnitten hatte, griff nach dem leichten Sessel und schnitt mit einer schnellen Bewegung das Rohrgeflecht heraus.

Dann kam er zu Bond, das aufgeklappte Messer wie einen Federhalter in der Innentasche seines Jacketts. Er drehte Bond so um, daß er im Licht stand, und wickelte den Draht von den Handgelenken. Dann trat er mit einem schnellen Schritt zur Seite, und dabei hatte er das Messer wieder in der rechten Hand.

»Vite.«

Bond massierte die geschwollenen Gelenke und überlegte, wieviel Zeit er gewinnen könnte, wenn er Widerstand leistete. Aber es würde doch nur auf Augenblicke hinauskommen. Mit einem schnellen Schritt und einer ebenso schnellen Bewegung seiner freien Hand ergriff der Dünne den Kragen von Bonds Dinnerjackett, streifte es nach unten und riß damit Bonds Arme nach hinten. Bond machte automatisch die Gegenbewegung zu diesem alten Polizeitrick, indem er sich auf ein Knie fallen ließ; der Dünne folgte jedoch dieser Bewegung und brachte zugleich die Hand mit dem Messer in Bonds Rücken. Bond spürte den Messerrücken, der an seiner Wirbelsäule entlangglitt, und hörte das scharfe Geräusch, mit dem ein sehr scharfes Messer Stoff durchschneidet; und plötzlich waren seine Arme wieder frei, weil das Jackett in zwei Teilen nach vorn fiel.

Er fluchte und stand wieder auf. Der Dünne war zurückgetreten, das Messer immer noch in der Hand. Bond ließ die beiden Hälften seines Jacketts auf den Boden fallen.

»Allez«, sagte der Dünne mit einer Spur von Ungeduld in der Stimme.

Bond sah ihm in die Augen, und dann fing er langsam an, das Hemd auszuziehen.

Le Chiffre betrat ruhig wieder das Zimmer. In der Hand hielt er eine Kanne, aus der es nach Kaffee duftete. Er stellte sie auf den kleinen Tisch vor dem Fenster. Daneben legte er außerdem zwei andere Haushaltsgeräte: einen ein Meter langen Teppichklopfer aus geflochtenem Rohr und ein Tranchiermesser.

Dann machte er es sich in dem thronähnlichen Sessel bequem und goß Kaffee in eines der Gläser. Mit dem einen Fuß zog er den kleinen Sessel heran, dessen Sitz jetzt aus einem kreisrunden Holzrahmen bestand, bis er ihn genau vor sich hatte.

Nackt stand Bond mitten im Zimmer; die Schrammen waren

auf seinem weißen Körper deutlich zu sehen, sein Gesicht war eine graue Maske aus Erschöpfung und dem Wissen um das, was nun kommen würde.

»Setzen Sie sich.« Le Chiffre deutete mit einem Kopfnicken auf den vor ihm stehenden Sessel.

Bond kam heran und setzte sich.

Der Dünne zog mehrere Stücke Draht aus der Tasche. Damit band er Bonds Handgelenke an den Armlehnen und seine Fuß= gelenke an den Vorderbeinen fest. Mit einem doppelten Draht, der unter den Achseln entlanglief, schnürte er Bonds Ober= körper an die Rückenlehne. Sorgfältig befestigte er jeden Knoten und ließ nicht einen Fingerbreit Spielraum. Der Draht schnitt überall tief in Bonds Fleisch. Die Beine des Sessels waren ge= spreizt, so daß Bond ihn nicht bewegen konnte.

Er war in jeder denkbaren Hinsicht ein Gefangener, nackt und wehrlos. Bond ahnte, was nun folgen würde. Le Chiffre hatte sich in seinem unmenschlichen Gehirn eine besonders qualvolle Art der Folter ausgedacht.

Le Chiffre nickte dem Dünnen zu, der wortlos das Zimmer verließ und die Tür hinter sich schloß.

Auf dem Tisch lagen eine Packung Gauloises und ein Feuer= zeug. Le Chiffre zündete sich eine Zigarette an und trank einen Schluck Kaffee. Dann griff er nach dem Teppichklopfer und legte den Griff auf seine Knie, während sich das kleeblatt=ähnliche Oberteil genau unter Bonds Sessel befand.

Sorgfältig, fast zärtlich blickte er Bond in die Augen. Dann fuhr seine Faust plötzlich zum Knie hoch.

Das Ergebnis war verblüffend.

Bonds ganzer Körper zuckte in einem unfreiwilligen Krampf zusammen. Sein Gesicht verzog sich zu einem tonlosen Schrei, und seine Lippen gaben die Zähne frei. Gleichzeitig flog sein Kopf zurück, und an seinem Hals traten die kräftigen Muskeln hervor. Für einen Augenblick hatten sich sämtliche Muskeln sei= nes Körpers zu Knoten zusammengezogen, und Zehen wie Finger krümmten sich, bis sie schneeweiß waren. Dann sackte der Kör=

per in sich zusammen, und auf der ganzen Haut trat Schweiß aus. Er stöhnte zitternd.

Le Chiffre wartete, bis Bond die Augen aufschlug.

»Haben Sie es gemerkt, mein Junge?« Er lächelte sanft und fett. »Ist die Position Ihnen jetzt klar?«

Ein Schweißtropfen fiel von Bonds Kinn auf seine nackte Brust.

»Kommen wir also zum Geschäftlichen und sehen wir zu, ob wir diese unerfreuliche Geschichte, in die Sie sich selbst hineingeritten haben, nicht schnell zu einem Abschluß bringen können.« Er zog gelassen an seiner Zigarette und ließ das entsetzliche und widersinnige Instrument drohend auf den Boden unter Bonds Sessel fallen.

»Mein lieber Junge.« Le Chiffre redete wie ein Vater. »Das Indianerspielen ist vorbei – endgültig. Es war dein Pech, daß du in ein Spiel für Erwachsene geraten bist, und inzwischen hast du bereits gemerkt, daß man sich dabei verdammt weh tun kann. Du bist gar nicht in der Lage, mein lieber Junge, mit Erwachsenen zu spielen, und von deinem Londoner Kinderfräulein war es sehr dumm, dich mit Schaufel und Eimerchen hierherzuschicken – wirklich sehr dumm und höchst unglücklich für dich. Wir wollen jedoch mit dem Scherzen aufhören, mein lieber Freund, obgleich ich sicher bin, daß du mir bei dieser amüsanten kleinen Geschichte, die dich warnen könnte, gern weiter zuhören würdest.«

Er ließ plötzlich seinen spöttischen Ton fallen und blickte Bond scharf und böse an.

»Wo ist das Geld?«

Bonds blutunterlaufene Augen sahen ihn ausdruckslos an.

Wieder fuhr die Hand hoch, und wieder krümmte und verkrampfte sich Bonds ganzer Körper.

Le Chiffre wartete, bis das gequälte Herz wieder langsamer pumpte und bis Bonds Augen sich mühsam wieder öffneten.

»Vielleicht sollte ich es etwas näher erklären«, sagte Le Chiffre. »Ich habe die Absicht, die Behandlung deiner empfindsamsten Körperteile fortzusetzen, bis du meine Frage beantwortest. Ich kenne keine Gnade und lasse mich nicht erweichen. Es gibt niemanden, der dich in letzter Minute befreien könnte, und keine Möglichkeit zur Flucht für dich. Das hier ist keine romantische Abenteurergeschichte, in der der Bösewicht schließlich doch noch aufgestöbert wird, der Held aber einen Orden bekommt und das Mädchen heiratet. Im wirklichen Leben kommt so etwas unglücklicherweise nicht vor. Wenn du weiter halsstörrisch bleibst, werde ich dich bis an die Grenze des Wahnsinns foltern, und dann werden wir das Mädchen hereinholen und es mit ihr vor deinen Augen genauso machen. Sollte auch das nicht genügen, werden wir euch einen sehr schmerzvollen Tod bereiten, und nur mit Widerwillen werde ich eure Leichen zurücklassen und in jenes wunderschöne Haus fahren, das auf mich wartet. Dort werde ich dann eine sehr nützliche und einträgliche Karriere beginnen und im Schoße meiner Familie, die ich dann bestimmt gründen werde, bis in mein reifes und friedliches Alter hinein leben. Du siehst also, mein lieber Junge, daß ich nichts zu verlieren habe. Wenn du mir das Geld auslieferst, ist es für dich nur um so besser; wenn nicht, werde ich nur mit den Schultern zucken und mich auf den Weg machen.«

Er schwieg, und sein Hand hob sich leicht. Bonds Muskeln krampften sich zusammen, als das Rohr des Teppichklopfers ihn leicht berührte.

»Und du, mein lieber Freund, hast nur die eine Hoffnung, daß ich dir weitere Qualen erspare und dich leben lasse. Irgendeine andere Hoffnung gibt es für dich nicht.« Sein Blick ruhte lauernd auf Bond. »Also?«

Bond schloß die Augen und wartete auf den Schmerz. Er wußte, daß der Anfang der Folter am schlimmsten ist; auch der Schmerz verläuft in einer Parabel. Zuerst steigt er bis zu einem Höhepunkt, und dann sind die Nerven abgestumpft und reagieren immer weniger – bis zur Bewußtlosigkeit und zum Tod. Er konnte nur beten, daß der Höhepunkt schnell erreicht war, und sich dann dem Sturz in die endgültige Besinnungslosigkeit überlassen.

Andere Männer des Service, die bei Deutschen und Japanern die Folterungen überlebt hatten, hatten erzählt, daß kurz vor dem Ende eine Zeit von Wärme und Mattigkeit kam, die zu einer Art sexuellem Zwielicht führten, in dem der Schmerz zu einer Wonne und die Angst vor den Peinigern zu einer masochistischen Verwirrung wurden. Und er hatte gehört, daß es der letzte Beweis von Willensstärke war, diese Form der Trunkenheit nicht zu zeigen. Man nahm nämlich an, daß die Peiniger sonst den Gefolterten sofort umbrächten oder ihn so weit wieder zu sich kommen ließen, bis seine Nerven die andere Seite der Parabel wieder hinuntergekrochen waren.

Er öffnete die Augen einen Spalt.

Le Chiffre schien darauf gewartet zu haben, und wie eine Klapperschlange fuhr das Instrument vom Boden hoch. Immer wieder schnellte es gegen Bonds Körper, so daß er gellend aufschrie und sich wie eine Marionette auf dem Sessel bäumte.

Le Chiffre hörte erst auf, als Bonds verkrampfter Körper in sich zusammensackte. Er blieb eine Zeitlang ruhig sitzen, trank Kaffee und zog die Stirn wie ein Chirurg kraus, der während einer schwierigen Operation die Aufzeichnung der Herztöne beobachtet.

Als Bonds Augenlider flatterten und sich langsam öffneten, redete Le Chiffre ihn wieder an, diesmal jedoch mit einer Spur von Ungeduld.

»Wir wissen genau, daß das Geld irgendwo in deinem Zimmer sein muß«, sagte er. »Du hast dir über die vierzig Millionen einen Scheck ausstellen lassen, und ich weiß, daß du mit diesem Scheck auf dein Zimmer gegangen bist und ihn irgendwo versteckt hast.«

Bond überlegte einen Augenblick, woher Le Chiffre es so genau wußte.

»Als du zum Nachtklub hinübergingst«, fuhr Le Chiffre fort, »haben vier meiner Leute dein Zimmer durchsucht.«

Das Ehepaar Muntz wird ihm geholfen haben, überlegte Bond.

»Verschiedenes haben wir gefunden, und zwar in lauter kin=

dischen Verstecken. Im Kugelventil des Klosetts fanden wir ein interessantes kleines Code=Buch, und einige deiner Papiere ent= deckten wir an der Rückwand der einen Kommodenschublade. Wir haben nämlich sämtliche Möbel zerschlagen und nicht nur deine Anzüge, sondern auch die Gardinen und das Bettzeug zer= schnitten. Zentimeter für Zentimeter ist das Zimmer durchsucht und alles auf den Kopf gestellt worden. Für dich ist es ein großes Unglück, daß wir den Scheck nicht gefunden haben. Sonst wür= dest du nämlich gemütlich im Bett liegen können, vielleicht so= gar mit der schönen Miss Lynd, und brauchtest nicht das zu ertragen.« Die Hand fuhr wieder hoch.

Durch den roten Schleier seiner Schmerzen dachte Bond an Vesper. Er konnte sich gut vorstellen, was die beiden Pistolen= männer mit ihr machten. Sie würden sich mit ihr die Zeit ver= treiben, bis Le Chiffre sie heraufholte. Er dachte an die wulstigen, feuchten Lippen des Korsen und an die träge Grausamkeit des Dünnen. Sie war schon ein armes Schwein, daß sie hier herein= gezogen worden war – ein armes Schwein.

Wieder redete Le Chiffre.

»Es ist schrecklich, gefoltert zu werden«, sagte er und zog an einer neuen Zigarette. »Aber für den Peiniger ist es gar nicht schlimm, besonders wenn der Patient ...«, er lächelte bei diesem Wort, »... ein Mann ist. Du siehst selbst, mein lieber Bond, daß man sich bei einem Mann gar nicht erst besondere Raffinessen auszudenken braucht. Mit diesem einfachen Instru= ment und mit fast jedem anderen Gegenstand kann man einem Mann so gräßlich weh tun, wie es nur möglich oder nötig ist. Man sollte nicht immer glauben, was man in Kriegsbüchern liest; es gibt Schlimmeres. Es sind nicht nur die unerträglichen Schmer= zen, sondern auch die Vorstellung, daß die Männlichkeit nach und nach zerstört wird und daß man, wenn man nicht nachgibt, am Ende gar kein Mann mehr ist.

Das, mein lieber Bond, ist ein trauriger und schrecklicher Ge= danke – eine lange Kette unerträglicher Schmerzen für den Kör= per und auch für den Geist, und zum Schluß dann der Augen=

blick, in dem du mich brüllend bitten wirst, dich zu töten. Das alles ist unvermeidlich, wenn du mir nicht sagst, wo das Geld steckt.«

Er goß Kaffee in sein Glas und trank es aus; braune Körner blieben in seinen Mundwinkeln hängen.

Bonds Lippen zuckten. Er wollte etwas sagen. Schließlich kam das Wort in einem heiseren Krächzen heraus. »Trinken«, sagte er, und seine Zunge glitt langsam über die ausgedörrten Lippen.

»Aber natürlich, mein lieber Junge – wie unaufmerksam von mir.« Le Chiffre goß etwas Kaffee in das zweite Glas. Um Bonds Sessel hatte sich ein Kreis von Schweißtropfen auf dem Boden abgezeichnet. »Deine Zunge muß immer schön geschmiert bleiben.«

Er legte den Griff des Teppichklopfers zwischen seine Füße auf den Boden und stand auf. Dann trat er hinter Bond, griff in dessen schweißnasses Haar und riß den Kopf mit einem Ruck zurück. In kleinen Schlucken goß er den Kaffee in Bonds Mund, damit Bond nicht erstickte. Dann ließ er den Kopf los, so daß er nach vorn auf die Brust sank. Le Chiffre ging wieder zu seinem Stuhl und griff nach dem Teppichklopfer.

Bond hob den Kopf und sagte mit krächzender Stimme: »Geld hat für dich keinen Sinn.« Es war eigentlich nur ein mühsames Röcheln. »Polizei kommt dir auf die Spur.«

Erschöpft von der Anstrengung, sank sein Kopf wieder vornüber. Etwas, aber nur ganz wenig, hatte er damit den Moment des körperlichen Zusammenbruchs hinausgeschoben, hatte er Zeit gewonnen bis zum nächsten brennenden Schmerz.

»Ach, mein lieber Freund, das habe ich ganz vergessen zu erzählen.« Le Chiffre lächelte böse. »Wir haben uns nach unserem Spielchen noch getroffen, und da du ein großartiger Sportsmann bist, hast du mir sofort Revanche gewährt. Es war eine äußerst galante Geste – typisch für einen englischen Gentleman.

Unglücklicherweise hast du dabei verloren, und darüber hast du dich so aufgeregt, daß du Royale noch in derselben Stunde mit unbekanntem Ziel verlassen hast. Und da du nun einmal ein Gentleman durch und durch bist, hast du mir freundlicherweise auch noch einen Zettel gegeben, in dem du das alles bestätigst, so daß ich den Scheck ohne Schwierigkeit einlösen kann. Du siehst, mein Junge, wir haben an alles gedacht, und du brauchst dir meinetwegen wirklich keine Gedanken zu machen.« Er kicherte vor sich hin.

»Sollen wir jetzt weitermachen? Ich habe unendlich viel Zeit und bin auch so naiv, dir zu verraten, daß es mich aufrichtig interessiert, wie lange ein Mann diese etwas ungewöhnliche Form von – eh – Aufmunterung aushalten kann.« Er ließ das trockene Rohr auf dem Boden klappern.

So also sah es aus, dachte Bond, und er war verzweifelt. Das »unbekannte Ziel« lag unter der Erde, unter dem Wasser oder vielleicht – was noch einfacher war – unter dem zerbeulten Bentley. Aber gut: Wenn er schon sterben mußte, dann wollte er es denen nicht so leichtmachen. Er glaubte nicht, daß Mathis oder Leiter noch rechtzeitig kommen könnten; aber zumindest bestand die Möglichkeit, daß sie hier auftauchten, solange Le Chiffre noch nicht verschwunden war. Es mußte jetzt auf sieben Uhr zugehen. Der Wagen war mittlerweile sicher gefunden worden. Er hatte die Wahl zwischen verschiedenen Übeln – aber je länger Le Chiffre die Folter durchführte, desto größer war die Chance, daß er gerächt wurde.

Bond hob den Kopf und sah Le Chiffre in die Augen.

Die weißen Augäpfel, die wie Porzellan aussahen, waren jetzt mit roten Adern durchsetzt. Das übrige Gesicht war gelblich gefärbt; Kinn und Backen waren mit dichten schwarzen Stoppeln besät, und die Haut war feucht. Die Spuren des schwarzen Kaffees, die von den Mundwinkeln aus nach oben verliefen, wirkten wie ein falsches Lächeln, und das ganze Gesicht war durch das Licht, das durch die Jalousien hereindrang, mit Streifen überzogen.

»Nein«, sagte er leise, »du . . .«

Le Chiffre grunzte und macht sich mit wilder Wut an die Arbeit. Hin und wieder knurrte er dabei wie ein Raubtier.

Nach zehn Minuten war Bond endlich ohnmächtig geworden.

Le Chiffre hörte sofort auf. Er wischte sich den Schweiß mit einer kreisenden Bewegung seiner freien Hand vom Gesicht. Dann sah er auf seine Uhr und schien einen neuen Entschluß gefaßt zu haben.

Er erhob sich und stellte sich hinter den Sessel mit dem schlaffen, schweißgebadeten Körper. Jede Farbe war aus Bonds Gesicht und aus seinem Körper oberhalb der Gürtellinie gewichen. Über dem Herzen bewegte sich die Haut kaum sichtbar. Aber davon abgesehen hätte er tot sein können.

Le Chiffre griff nach Bonds Ohren und drehte sie grob um. Dann beugte er sich vor und schlug Bond mehrere Male kräftig in das Gesicht. Bei jedem Schlag schwankte Bonds Kopf auf die andere Seite. Langsam wurde sein Atmen tiefer. Ein tierisches Knurren kam aus seinem halbgeöffneten Mund.

Le Chiffre goß ein Glas voll Kaffee, schüttete einen Teil in Bonds Mund und den Rest in sein Gesicht. Langsam schlug Bond die Augen auf.

Le Chiffre ging wieder zu seinem Stuhl und wartete. Er zündete sich eine Zigarette an und betrachtete nachdenklich die Blutflecken unter dem Sessel, der ihm genau gegenüberstand.

Bond stöhnte wieder mitleiderregend. Es war ein unmenschlicher Laut. Seine Augen waren plötzlich weit aufgerissen, und stumpf starrte er seinen Peiniger an.

Le Chiffre fing wieder an zu sprechen.

»Das wäre alles, Bond. Wir werden dich jetzt fertigmachen. Kapierst du? Wir werden dich nicht umbringen, sondern fertigmachen. Und dann werden wir das Mädel holen und sehen, ob wir nicht aus euren Resten irgend etwas herausbekommen.«

Er streckte seine Hand nach dem Tisch aus.

»Mach dich auf einiges gefaßt, Bond.«

18

Es war merkwürdig, auf einmal eine dritte Stimme zu hören. Das einstündige Ritual hatte sich mit einem Dialog begnügt, der nur von den entsetzlichen Schreien des Gefolterten unterbrochen worden war. Bonds verdunkelte Sinne erfaßten gar nicht, was los war. Aber plötzlich war er wieder halb bei Bewußtsein. Er merkte, daß er wieder sehen und hören konnte. Er konnte das tödliche Schweigen hören, das dem einen ruhigen Wort folgte, das von der Tür kam. Er konnte sehen, wie Le Chiffres Kopf langsam hoch kam, und er konnte den Ausdruck restlosen Erstaunens, unwissender Verblüffung sehen, der langsam panischer Angst wich.

»Halt«, hatte die Stimme ruhig gesagt.

Bond hörte langsame Schritte, die sich seinem Sessel von hinten näherten. »Fallen lassen«, sagte die Stimme.

Bond sah, daß sich Le Chiffres Hand gehorsam öffnete und daß das Messer zu Boden fiel.

Verzweifelt versuchte er in Le Chiffres Gesicht zu erkennen, was hinter ihm vorging; er sah nur völliges Unverständnis und Entsetzen. Le Chiffres Mund zuckte, aber nur ein merkwürdig hoher Ton kam heraus. Seine fleischigen Backen bebten, als er versuchte, genügend Speichel im Mund zu sammeln, um etwas sagen oder fragen zu können. Seine Hände fuhren aufgeregt hin und her. Die eine schien in die Tasche greifen zu wollen, sank dann jedoch sofort wieder herunter. Seine runden, starren Augen senkten sich für den Bruchteil einer Sekunde, und Bond nahm an, daß eine Pistole auf ihn gerichtet war.

Kurze Zeit herrschte Stille.

»*Smersch.*«

Es war beinahe nur ein Seufzen, und der Ton sank zum Schluß ab, als brauchte mehr nicht gesagt zu werden. Es war die abschließende Erklärung — das allerletze Wort, das zu sagen war.

»Nein«, sagte Le Chiffre. »Nein. Ich ...« Seine Stimme verstummte.

Vielleicht wollte er es erklären, sich entschuldigen – aber das, was er in dem Gesicht des anderen sah, machte es zwecklos.

»Die beiden Leute sind tot, beide. Sie sind nicht nur ein Idiot, sondern auch ein Dieb und Verräter. Ich bin aus der Sowjetunion gekommen, um Sie zu beseitigen. Sie haben Glück, daß meine Zeit nur dazu reicht, Sie zu erschießen. Wenn es möglich gewesen wäre, sollten Sie einen sehr schmerzhaften Tod haben. Für den Ärger, den Sie verursachten, ist noch kein Ende abzusehen.«

Die fremde Stimme schwieg. Es war still im Zimmer, abgesehen allein von Le Chiffres rasselndem Atem.

Draußen fing irgendwo ein Vogel an zu singen, und von überall her drangen die ersten Laute des Morgens herein. Die Sonnenstreifen waren kräftiger geworden, und die Schweißperlen auf Le Chiffres Gesicht glitzerten.

»Bekennen Sie sich schuldig?«

Bond kämpfte gegen die Bewußtlosigkeit. Er verdrehte die Augen und versuchte, den Kopf zu schütteln, um wieder klarzuwerden, aber seine Nerven waren betäubt und gaben keinen Befehl an die Muskeln mehr durch. Er konnte lediglich das große blasse Gesicht vor sich anstarren und die heraustretenden Augen.

Ein dünner Faden Speichel floß langsam aus dem geöffneten Mund und hing vom Kinn herunter.

»Ja«, sagte der Mund.

Es gab einen leisen Knall, nicht lauter als eine Luftblase, die sich aus dem Loch einer Tube Zahnpasta herauszwängt. Mehr war es nicht, und plötzlich hatte Le Chiffre noch ein Auge, ein drittes Auge genau zwischen den beiden anderen, an der Stelle, an der die dicke Nase unter der Stirn hervorsprang, aber ohne Augenbrauen und ohne Wimpern.

Für einen Augenblick sahen die drei Augen über Bond hinweg, und dann schein das Gesicht in sich zusammenzufallen. Die beiden äußeren Augen verdrehten sich nach oben. Dann sackte der schwere Kopf zur Seite, dann die rechte Schulter, und dann sank der ganze Oberkörper über die Armlehne, als wäre Le Chiffre ohnmächtig geworden. Seine Füße rutschten ein Stück über den Fußboden, und dann folgte keine Bewegung mehr.

Die schmale Lehne des Stuhles blickte gleichgültig über den Leichnam hinweg, den sie in den Armen hielt.

Bond hörte hinter sich eine leise Bewegung. Eine Hand langte über seine Schulter, griff nach seinem Kinn und zog seinen Kopf zurück.

Für einen kurzen Augenblick sah Bond in zwei Augen, die durch die Schlitze einer schmalen schwarzen Maske hindurchfunkelten. Das Gesicht schien einer Krähe zu ähneln, obgleich es von der Hutkrempe und dem hochgestellten Kragen eines braunen Regenmantels teilweise verdeckt war. Mehr hatte Bond nicht erkennen können, als sein Kopf wieder nach vorn gepreßt wurde.

»Sie haben Glück«, sagte die Stimme. »Ich habe nicht den Befehl, auch Sie zu erschießen. Innerhalb von vierundzwanzig Stunden sind Sie also zweimal mit dem Leben davongekommen. Aber sagen Sie Ihren Leuten, daß *Smersch* nur zufällig oder irrtümlich Gnade vor Recht ergehen läßt. Sie zum Beispiel kamen das erstemal zufällig mit dem Leben davon, und jetzt nur irrtümlich, denn eigentlich hätte ich den Befehl haben sollen, alle fremden Spione abzuschießen, die um diesen Verräter herumschwirrten wie Fliegen um ein Stück Aas.

Ich werde Ihnen jedoch meine Visitenkarte hinterlassen. Sie sind ein Spieler. Sie spielen Karten. Vielleicht werden Sie eines Tages einem von uns gegenübersitzen. Und dann wäre es schön, wenn man Sie gleich als Spion erkennen könnte.«

Die Schritte kamen an Bonds rechte Seite. Es klickte, als ein Messer aufgeklappt wurde. Ein Ärmel aus irgendeinem grauen Stoff schob sich in Bonds Gesichtsfeld; eine breite und behaarte Hand, die aus einer schmutzig weißen Manschette herausragte, hielt ein Stilett wie einen Federhalter. Sie schwebte einen Augenblick über Bonds rechter Hand, die mit Draht an der Lehne festgeschnürt war, so daß sie sich nicht rühren konnte. Dann schnitt die Spitze des Stiletts mit einer schnellen Bewegung drei parallele Schnitte in den Handrücken. Der vierte Schnitt kreuzte die drei anderen kurz vor ihrem Ende, unmittelbar unter den Knöcheln. Blut quoll hervor und bildete ein auf dem Kopf stehendes »M«, und langsam tropfte es auf den Fußboden.

Gegenüber dem, was Bond bereits durchgemacht hatte, war der Schmerz gar nichts; er genügte jedoch, um ihn wieder in die Bewußtlosigkeit zu stoßen.

Langsam entfernten sich die Schritte, und dann wurde die Tür leise geschlossen.

In der Stille krochen die fröhlichen kleinen Laute des Sommertages durch die geschlossenen Fenster. Hoch oben an der linken Wand zeichneten sich zwei kleine Flecken hellroten Lichts ab. Es waren Spiegelungen jener Sonnenstreifen, die auf den Fußboden trafen und die von zwei Blutlachen, die etwa einen halben Meter voneinander entfernt waren, an die Wand geworfen wurden.

Im Laufe der Stunden wanderten die beiden Lichtflecken langsam über die Wand. Und langsam wurden sie immer größer.

19

Wenn man träumt, daß man träumt, ist man kurz vor dem Aufwachen.

Während der nächsten beiden Tage war James Bond dauernd in diesem Stadium, ohne jedoch das Bewußtsein wiederzuerlangen. Er sah den vorüberziehenden Träumen zu, ohne überhaupt zu versuchen, ihre Folge zu unterbrechen, obgleich viele fürchterlich waren und alle ihm sehr weh taten. Er wußte, daß er in einem Bett lag, daß er auf dem Rücken lag und daß er sich nicht bewegen konnte, und in einem seiner zwielichtigen Augenblicke glaubte er sogar, daß mehrere Menschen um ihn herumstanden. Er bemühte sich jedoch nicht, die Augen aufzuschlagen und in die Welt zurückzukehren.

In der Dunkelheit fühlte er sich geborgener, und deswegen klammerte er sich an sie.

Am Morgen des dritten Tages riß ihn ein grauenhafter Alptraum aus dem Schlaf, so daß er zitternd und schweißbedeckt in seinem Bett lag. Er spürte eine Hand auf der Stirn, verband sie jedoch mit seinem Traum. Er versuchte, einen Arm anzuheben und die Faust in das Gesicht jenes Menschen zu schlagen, zu dem die Hand gehörte, aber seine Arme waren unbeweglich, waren an den Seiten des Bettes festgebunden. Sein ganzer Körper war festgeschnallt, und so etwas wie ein großer weißer Sargdeckel bedeckte ihn von der Brust bis zu den Füßen, so daß er nicht einmal das Fußende seines Bettes sehen konnte. Er brüllte, aber die Anstrengung nahm ihm seine ganze Kraft, und seine Worte endeten in einem Schluchzen.

Die Stimme einer Frau sagte irgend etwas, und langsam drangen ihre Worte in ihn ein. Es schien eine freundliche Stimme zu sein, und langsam wurde ihm bewußt, daß man ihn beruhigen wollte und daß die Frau nicht sein Feind, sondern sein Freund war. Er konnte es kaum fassen. Er war überzeugt gewesen, immer noch gefangen zu sein und gleich von neuem gefoltert zu werden. Er merkte, daß sein Gesicht mit einem kühlen feuchten Tuch abgewischt wurde, das nach Lavendel duftete, und dann sank er in seine Träume zurück.

Als er einige Stunden später wieder aufwachte, war das Entsetzen verschwunden, und er fühlte sich geborgen und matt. Die Sonne schien in das helle Zimmer, und durch das Fenster drangen viele vertraute Geräusche herein. Im Hintergrund war das leise Rauschen des Meeres, das in Wellen gegen den Strand anlief. Als er seinen Kopf bewegte, hörte er ein Rascheln, und eine Schwester, die am Fußende gesessen hatte, trat in sein Gesichtsfeld. Sie war hübsch, und sie lächelte, als sie ihm den Puls fühlte.

»Da bin ich aber froh, daß Sie endlich aufgewacht sind. In meinem ganzen Leben habe ich noch niemanden so brüllen hören.«

Bond gab das Lächeln zurück. »Wo bin ich?« fragte er und war verblüfft, daß seine Stimme fest und klar klang.

»Sie sind in einem Krankenhaus in Royale, und man hat mich von England hierhergeschickt, um Sie zu pflegen. Wir sind zu zweit gekommen, und ich bin Schwester Gibson. Bleiben Sie ganz ruhig liegen; ich will nur schnell dem Arzt Bescheid sagen, daß Sie aufgewacht sind. Seit man Sie hierhergeschafft hat, sind Sie ohne Bewußtsein gewesen, und wir haben uns schon große Sorgen um Sie gemacht.«

Bond schloß die Augen und versuchte, seinen Körper zu erkunden. Die schlimmsten Schmerzen kamen von den Handgelenken, von den Fußgelenken und von der rechten Hand, in die der Russe ihn geschnitten hatte. Die Mitte seines Körpers war völlig gefühllos; er nahm an, daß man diesen Teil örtlich betäubt hatte. Der übrige Körper schmerzte dumpf, als hätte man ihn mit Prügeln bearbeitet. Überall spürte er den Druck der Bandagen. Außerdem merkte er, daß seine Bartstoppeln gegen die Bettdecke kratzten – demnach mußte er sich ungefähr drei Tage lang nicht rasiert haben; und das wiederum bedeutete, daß seit seiner Folterung zwei Tage vergangen waren.

Er war gerade dabei, sich ein paar Fragen zurechtzulegen, als die Tür sich öffnete und der Arzt hereinkam, gefolgt von der Schwester und der im Hintergrund bleibenden, äußerst willkommenen Gestalt von Mathis, der trotz seines breiten Lächelns besorgt aussah, einen Finger auf den Mund legte, dann auf Zehenspitzen zum Fenster schlich und sich dort hinsetzte.

Der Arzt, ein Franzose mit einem jungen, intelligenten Gesicht, war vom Deuxième Bureau hergeschickt worden, um Bond zu behandeln. Er blieb neben dem Bett stehen und legte seine Hand auf Bonds Stirn, während er auf die Fieberkurve sah, die am Kopfende hing.

Er sprach ohne große Umschweife.

»Sie haben sicher eine ganze Menge Fragen, mein lieber Bond«, sagte er in ausgezeichnetem Englisch, »und auf die meisten kann ich Ihnen sofort eine Antwort geben. Ich möchte nämlich nicht, daß Sie Ihre Kräfte vergeuden, und deshalb werde ich Ihnen die wichtigsten Tatsachen gleich erzählen. Anschließend können Sie sich noch ein paar Minuten mit Monsieur Mathis unterhalten, der noch zwei oder drei Einzelheiten wissen möchte. Eigentlich ist es dafür noch zu früh, aber ich möchte, daß Ihre Gedanken zur Ruhe kommen, so daß wir uns dann in Ruhe mit der Wiederherstellung Ihres Körpers befassen können.«

Die Schwester schob dem Arzt einen Stuhl neben das Bett und ging hinaus.

»Sie sind jetzt zwei Tage hier«, fuhr der Arzt fort. »Ihr Wagen wurde von einem Bauern gefunden, der auf dem Weg zum Markt in Royale war; er verständigte die Polizei. Nach einigen Verzögerungen erfuhr Monsieur Mathis, daß es sich um Ihren Wagen handelte, und brach mit seinen Leuten sofort nach Les Noctambules auf. Dort fand er Sie, Le Chiffre und Ihre Freundin, Miss Lynd, die unverletzt war und ihren Aussagen nach auch sonst nicht belästigt worden war. Sie hatte allerdings einen Schock erlitten, von dem sie sich mittlerweile wieder erholt hat, und wohnt weiterhin im Hotel. Von ihren Londoner Vorgesetzten erhielt sie den Auftrag, sich fürs erste in Royale zu Ihrer Verfügung zu halten, bis Sie selbst so weit wiederhergestellt sind, daß Sie nach England zurückkehren können.

Die beiden Leute Le Chiffres sind tot, beide durch Genickschuß mit einer Fünfunddreißiger. Der Ausdruckslosigkeit ihrer Gesichter nach haben sie den Täter offensichtlich weder gesehen noch gehört. Gefunden wurden sie im gleichen Zimmer, in dem sich auch Miss Lynd befand. Le Chiffre ist ebenfalls tot; er wurde mit einer ähnlichen Waffe zwischen die Augen geschossen. Haben Sie seinen Tod noch miterlebt?«

»Ja«, sagte Bond.

»Ihre eigenen Verletzungen sind ernst, aber Lebensgefahr besteht bei Ihnen nicht mehr, obgleich Sie sehr viel Blut verloren haben. Wenn alles gut geht, werden Sie völlig wiederhergestellt, ohne daß irgendeine Körperfunktion gestört bleibt.« Der Arzt lächelte verbissen. »Ich fürchte jedoch, daß Sie noch einige Tage erhebliche Schmerzen haben werden, und ich werde alles tun, um Ihnen diese Zeit soweit wie möglich zu erleichtern. Da Sie wieder zu Bewußtsein gekommen sind, werden wir Ihre Arme losbinden; den Körper dürfen Sie jedoch auf keinen Fall bewegen, und zum Schlafen wird die Schwester auch die Arme wieder festschnallen. Wichtig ist vor allem, daß Sie sehr viel Ruhe haben und wieder zu Kräften kommen. Im Augenblick leiden Sie noch unter den Folgen eines schweren seelischen und körperlichen Schocks.« Der Arzt schwieg einen Augenblick. »Wie lange wurden Sie eigentlich gefoltert?«

»Ungefähr eine Stunde«, sagte Bond.

»Dann ist es bemerkenswert, daß Sie noch am Leben sind, und ich kann Ihnen nur gratulieren. Nur wenige Menschen hätten das ausgehalten, was Sie durchgemacht haben; vielleicht ist dies für Sie ein Trost. Wie Monsieur Mathis bestätigen kann, habe ich seinerzeit eine Reihe von Patienten behandelt, die ähnliches durchgemacht hatten – aber keiner hatte es so überstanden wie Sie.«

Der Arzt sah Bond einen Augenblick an und wandte sich dann barsch an Mathis.

»Ich erlaube Ihnen genau zehn Minuten; aber dann wird man Sie mit Gewalt hinauswerfen. Und wenn die Temperatur des Patienten steigen sollte, werde ich Sie dafür verantwortlich machen!«

Er lächelte beiden zu und verließ das Zimmer.

Mathis kam herüber und setzte sich auf den Stuhl des Arztes.

»Ein netter Mann«, sagte Bond. »Er gefällt mir.«

»Er ist dem Bureau zugeteilt«, sagte Mathis. »Ein ganz ausgezeichneter Arzt, und später werde ich Ihnen noch einiges von ihm erzählen. Seiner Ansicht nach sind Sie ein medizinisches Wunder – und ich bin der gleichen Meinung.

Aber das hat noch Zeit. Wie Sie sich vorstellen können, sind noch sehr viele Dinge zu klären, und außerdem muß ich mich nicht nur mit Paris, sondern natürlich auch mit London und sogar

Washington herumärgern, vertreten durch unseren gemeinsamen Freund Leiter.« Er unterbrach sich einen Augenblick. »Übrigens habe ich Ihnen noch einen persönlichen Gruß von M auszurichten. Er war selbst am Telefon und läßt Ihnen ausrichten, daß er sehr beeindruckt sei. Ich fragte darauf, ob das alles wäre, und er sagte darauf: ›Sie können ihm noch mitteilen, daß das Finanzministerium sehr erleichtert ist.‹ Dann legte er auf.«

Bond grinste vor Vergnügen. Am meisten freute ihn dabei, daß M selbst mit Mathis telefoniert hatte; das war bisher noch nicht vorgekommen. Ganz abgesehen von seiner Identität wurde selbst M's Existenz nie zugegeben. Bond konnte sich die Aufregung vorstellen, die dieser Vorfall bei der auf äußerste Sicherheit bedachten Organisation in London ausgelöst hatte.

»An dem Tag, an dem wir Sie fanden, tauchte dann ein großer, schlanker Mann mit einem Arm aus London bei uns auf«, fuhr Mathis fort, denn er wußte aus eigener Erfahrung, daß diese internen Dinge Bond weit mehr interessierten als alles andere und daß er sich darüber am meisten freuen würde, »und er erledigte die Sache mit den Krankenschwestern und kümmerte sich auch sonst um alles. Selbst Ihr Wagen ist bereits in Reparatur. Er scheint Vespers Chef zu sein, war auffallend lange bei ihr und gab ihr den strikten Befehl, sich um Sie zu kümmern.«

Leiter S, dachte Bond, und demnach werde ich also wie ein großes Tier behandelt.

»Jetzt also zum Geschäftlichen«, sagte Mathis. »Wer hat Le Chiffre erschossen?«

»*Smersch*«, sagte Bond.

Mathis pfiff leise durch die Zähne. »Aha«, sagte er respektvoll. »Also waren sie tatsächlich schon hinter ihm her. Wie sah der Kerl aus?«

Bond berichtete kurz, was bis zu Le Chiffres Tod passiert war, und beschränkte sich auf die wichtigen Einzelheiten. Es machte ihm große Mühe, und deshalb war er froh, als er es hinter sich hatte. Als seine Gedanken zu jener Szene zurück=

wanderten, wurde der ganze Alptraum wieder lebendig; der Schweiß lief ihm über die Stirn, und plötzlich setzten auch die bohrenden Schmerzen in seinem Körper wieder ein.

Mathis erkannte, daß er zu weit gegangen war. Bonds Stimme fing an zu beben, und seine Augen wurden trübe. Mathis klappte sein Notizbuch zu und legte eine Hand auf Bonds Schulter.

»Verzeihen Sie mir, mein Freund«, sagte er. »Es ist jetzt vorbei, und Sie sind wieder in Sicherheit. Alles ist gut, und die ganze Geschichte ist ganz wunderbar gegangen. Wir haben bekanntgegeben, daß Le Chiffre seine beiden Komplicen erschossen hat und anschließend Selbstmord verübte, weil er eine Überprüfung der Gewerkschaftskasse befürchtete. Straßburg und der ganze Norden sind völlig durcheinander. Dort galt er nämlich als Held und als Stütze der Kommunistischen Partei Frankreichs. Die Sache mit den Bordellen und Spielkasinos hat der Partei den Boden unter den Füßen weggezogen, und jetzt rennen diese Burschen herum wie wildgewordene Ochsen. Zur Zeit gibt die kommunistische Partei gerade bekannt, daß er verrückt gewesen sei. Aber nach der Geschichte mit Thorez, die noch gar nicht so lange zurückliegt, wird es nicht viel helfen. Die Kerle tun jetzt gerade so, als wären ihre Bonzen insgesamt reif für das Irrenhaus gewesen. Weiß der Himmel, wie sie dieses Durcheinander wieder geradebiegen werden.«

Mathis sah, daß seine Worte die gewünschte Wirkung gehabt hatten. Bonds Augen waren wieder klarer.

»Jetzt noch eins«, sagte Mathis, »und dann gehe ich auch bestimmt.« Er blickte auf seine Uhr. »Der Doktor wird mich sowieso gleich zum Teufel jagen. Was ist eigentlich mit dem Geld? Wo ist es? Wo haben Sie es versteckt? Wir haben nämlich Ihr Zimmer ebenfalls mit der Lupe durchsucht – dort kann es also nicht sein.«

Bond grinste.

»Doch«, sagte er, »wenn auch nicht ganz. An jede Zimmertür ist ein kleines schwarzes Plastikschild mit der Zimmernummer angeschraubt – das heißt auf der Korridorseite. Als Leiter mich damals allein ließ, habe ich einfach die Tür wieder aufgemacht, das Nummernschild an meiner Tür abgeschraubt, den zusammengefalteten Scheck dahinter gesteckt und das Ding wieder festgeschraubt. Und da ist der Scheck immer noch.« Er lächelte. »Ich freue mich am meisten, daß die dummen Engländer den klugen Franzosen manchmal doch noch etwas beibringen können.«

Mathis lachte begeistert.

»Das soll wohl die Quittung für die Sache mit dem Ehepaar Muntz sein, was? Also gut – ich gebe mich geschlagen. Übrigens haben wir die beiden auch festgesetzt. Sie sind zwar nur kleine Fische, die für dieses Unternehmen engagiert wurden, aber wir werden doch dafür sorgen, daß man ihnen ein paar Jahre aufbrummt.«

Er sprang auf, als der Arzt in das Zimmer stürmte und einen Blick auf Bond warf.

»Raus!« sagte er zu Mathis, »raus, und lassen Sie sich hier nicht wieder blicken!«

Mathis hatte gerade noch Zeit, Bond vergnügt zuzuwinken und ihm ein Wort des Abschieds zuzurufen, bevor er durch die Tür hinausgedrängt wurde. Bond hörte noch einen Schwall hitziger französischer Worte, die langsam leiser wurden. Erschöpft lag er in seinem Bett, aber doch belebt durch das, was er erfahren hatte. Und als er unvermittelt in einen unruhigen Schlaf fiel, merkte er noch, daß er an Vesper gedacht hatte.

Er hatte zwar noch viele Fragen, deren Beantwortung ihn interessierte, aber das hatte Zeit.

20

Bonds Erholung machte gute Fortschritte. Als Mathis ihn drei Tage später besuchte, saß er bereits, von Kissen gestützt, im Bett, und seine Arme waren losgeschnallt. Die untere Hälfte seines Körpers war zwar immer noch von dem länglichen Zelt verdeckt, aber sonst machte er einen vergnügten Eindruck, und nur gelegentlich zogen sich seine Augen unter einem stechenden Schmerz zusammen.

Mathis sah niedergeschlagen aus.

»Hier ist Ihr Scheck«, sagte er zu Bond. »Es hat mir sehr viel Spaß gemacht, mit vierzig Millionen Francs in der Tasche herumzulaufen, aber trotzdem bin ich der Ansicht, daß Sie ihn unterschreiben sollten, damit ich das Geld auf Ihr Konto bei der Crédit Lyonnais überweisen lassen kann. Unser Freund von *Smersch* ist spurlos verschwunden – spurlos! Er muß entweder zu Fuß oder mit einem Fahrrad zu der Villa gekommen sein, weil Sie seine Ankunft nicht gehört haben, und die beiden Pistolenmänner doch offensichtlich auch nicht. Das ist ziemlich verbitternd. Von *Smersch* wissen wir erbarmungswürdig wenig, und in London weiß man auch nicht mehr. Washington behauptet zwar, sie wüßten verschiedenes, aber dann stellte es sich als der übliche Unsinn der Flüchtlingsbefragungen heraus, und Sie wissen wohl selbst, daß dabei nicht mehr herauskommt, als befragte man den englischen Durchschnittsbürger über den Secret Service oder einen Franzosen über das Deuxième Bureau.«

»Wahrscheinlich ist er von Leningrad über Warschau nach Berlin gekommen«, sagte Bond. »Von Berlin aus gibt es genügend Möglichkeiten, in das übrige Europa zu fahren. Mittlerweile wird er schon lange wieder zurück sein und einen Anschnauzer bekommen haben, weil er mich nicht auch umgelegt hat. Ich kann mir gut vorstellen, daß sie über mich wegen einiger Aufträge, die ich seit Kriegsende von M bekam, auch schon eine Akte angelegt haben. Anscheinend fand er es ungeheuer klug, daß er mir den Anfangsbuchstaben in die Hand schnitt.«

»Wieso?« fragte Mathis. »Der Doktor meinte, die Schnitte sähen wie ein M mit einem Schnörkel am Ende aus. Und er war der Ansicht, daß es nichts zu bedeuten hätte.«

»Bevor ich ohnmächtig wurde, habe ich es nur ganz flüchtig

gesehen — dafür jedoch mehrmals während des Verbindens, und ich bin beinahe überzeugt, daß es der russische Buchstabe für SCH ist. Es hätte sogar einen Sinn: *Smersch* ist die Abkürzung für *Smyert Schpionam* — Tod den Spionen — und der Mann glaubte, mich damit als *Schpion* abgestempelt zu haben. Ärgerlich ist nur, daß M mich in London wahrscheinlich wieder in ein Krankenhaus stecken wird, damit ein Stück neue Haut auf den Handrücken verpflanzt werden kann. Dabei ist es gar nicht so wichtig. Ich bin nämlich entschlossen, hiermit Schluß zu machen.«

Mathis sah ihn mit offenem Munde an.

»Schluß zu machen?« fragte er ungläubig. »Warum denn?«

Bond blickte von Mathis weg und betrachtete seine verbundenen Hände.

»Als man mich langsam fertigmachte«, sagte er, »fand ich das Leben plötzlich sehr schön. Bevor Le Chiffre aber damit anfing, sagte er etwas, das ich noch nicht vergessen habe: ›Indianer spielen‹. Das hätte ich getan, meinte er. Naja, und dann kam mir der Gedanke, daß er vielleicht recht hätte.«

Immer noch starrte er auf die Verbände. »Wissen Sie — wenn man jung ist, scheint der Unterschied zwischen Gut und Böse völlig klar zu sein; aber je älter man wird, desto schwieriger wird es. In der Schule ist es so einfach, sich seine Helden und seine Bösewichter herauszusuchen, und wenn man dann größer wird, möchte man ein Held sein und die Bösewichter umbringen.«

Störrisch blickte er Mathis an.

»In den letzten Jahren habe ich tatsächlich zwei Bösewichter umgebracht. Das erstemal war es in New York: ein Japaner, der im 36. Stock des Rockefeller Centre, in den Räumen der Japanischen Botschaft, saß und unsere Codes ausknobelte. Ich nahm mir im 40. Stockwerk des benachbarten Wolkenkratzers ein Zimmer und konnte so direkt in sein Zimmer hineinsehen und ihn bei der Arbeit beobachten. Dann bekam ich noch einen Kollegen aus unserer Organisation in New York zugeteilt so=

wie zwei dreiunddreißiger Remingtons mit Zielfernrohren und Schalldämpfern. Wir schmuggelten sie in mein Zimmer und warteten tagelang auf unsere Chance. Der andere schoß den Bruchteil einer Sekunde eher als ich. Sein Schuß sollte nur ein Loch in die Fensterscheibe schlagen, so daß ich den Japaner treffen konnte. Im Rockefeller Centre sind die Scheiben nämlich ungewöhnlich dick, damit der Lärm nicht in die Zimmer dringt. Es klappte ausgezeichnet. Wie ich erwartet hatte, zertrümmerte der Schuß die Scheibe und ging dann weiß der Himmel wohin. Ich hatte jedoch unmittelbar nach ihm abgedrückt, und zwar genau durch das Loch. Der Schuß traf den Japaner, der sich gerade nach der zersplitternden Scheibe umdrehte, in den Mund.«

Bond rauchte einige Züge.

»Das war eine ziemlich einwandfreie Angelegenheit, außerdem mühelos und sauber, dreihundert Meter Entfernung dazwischen, ohne persönlichen Kontakt. Der zweite Fall, in Stockholm, war weniger nett. Ich mußte einen Norweger umlegen, der als Doppelagent zugleich für die Deutschen arbeitete. Ihm war es zu verdanken, daß zwei von unseren Leuten geschnappt wurden – meiner Ansicht nach wurden sie abgeschossen. Aus verschiedenen Gründen mußte der Fall völlig lautlos erledigt werden. Ich suchte mir dazu das Schlafzimmer in seiner Wohnung und ein Messer aus. Allerdings starb er nicht so schnell.

Für diese beiden Aufträge bekam ich zur Belohnung eine Nummer mit zwei Nullen. Ich kam mir sehr klug vor, und man hielt mich für einen guten und zähen Kerl. Eine Nummer mit zwei Nullen bedeutet bei uns im Service, daß man bei Ausführung eines Auftrages kaltblütig auch einen Menschen umlegen muß.« Er sah Mathis wieder an. »Das ist alles schön und gut. Der Held bringt zwei Bösewichter um. Als aber Le Chiffre den Bösewicht Bond umbringen will und der Bösewicht Bond genau weiß, daß er gar kein Bösewicht ist, kam die andere Seite der Medaille zum Vorschein. Helden und Bösewichter gerieten auf einmal durcheinander.

Natürlich kommt zu dem allen noch Patriotismus«, fügte er

hinzu, als Mathis widersprechen wollte, »und dadurch bekommt das alles einen einigermaßen gerechten Anstrich; aber gerade das ist heutzutage nicht mehr ganz passend. Heute kämpfen wir gegen den Kommunismus – gut. Hätte ich jedoch vor fünfzig Jahren gelebt, wäre jener Konservatismus, den England heute hat, wahrscheinlich auch als eine Art Kommunismus bezeichnet worden, und vielleicht hätte man uns befohlen, ihn zu bekämpfen. Die Geschichte entwickelt sich heutzutage ziemlich schnell weiter, und die Rollen der Helden und der Bösewichter werden laufend vertauscht.«

Mathis starrte ihn betroffen an. Dann tippte er sich an die Stirn und legte seine Hand beruhigend auf Bonds Arm.

»Wollen Sie damit sagen, daß dieser einzigartige Le Chiffre, der wahrhaftig alles versuchte, um Sie zu einem Eunuchen zu machen, in Wirklichkeit gar kein Bösewicht war?« fragte er. »Wenn man den Unsinn hört, den Sie gerade von sich gaben, könnte man fast annehmen, der Kerl hätte Ihnen die Hirnschale zerschlagen und nicht die . . .« Er deutete auf das Bett. »Warten Sie nur, bis M Sie einem zweiten Le Chiffre auf den Hals hetzt. Ich wette, daß Sie sofort hinter ihm her jagen. Und was ist, bitte, mit *Smersch?* Ich will Ihnen nur das eine sagen: Mir gefällt es nicht, daß diese Kerle hier in Frankreich herumreisen und jeden umbringen, der ihrer Ansicht nach ein Verräter an ihrem ach so einzigartigen politischen System ist. Ein blutiger Anarchist sind Sie, weiter nichts!«

Er warf die Arme verzweifelt in die Luft und ließ sie hilflos wieder herunterfallen.

Bond lachte.

»Also gut«, sagte er, »bleiben wir gleich bei unserem Freund Le Chiffre. Es ist sehr einfach zu behaupten, er wäre ein böser Mensch gewesen – zumindest könnte ich es nach allem, was er mir angetan hat. Wenn er jetzt hier wäre, würde ich nicht einen Augenblick zögern, ihn umzubringen, aber aus ganz persönlicher Rache und nicht, fürchte ich, aus irgendeinem hochmoralischen Grund oder um meines Vaterlandes willen.«

Er blickte zu Mathis auf, um zu sehen, ob diese Spitzfindigkeiten über eine Sache, die für Mathis lediglich eine Frage der Pflichterfüllung war, ihn sehr langweilten.

Mathis sah ihn lächelnd an. »Immer weiter, mein Freund. Ich finde diesen neuen Bond hochinteressant. Die Engländer sind überhaupt merkwürdige Leute. Am meisten ähneln sie diesen chinesischen Schachteln: Man braucht sehr lange, bis man endlich an die innerste kommt, aber das Ergebnis lohnt sich wirklich nicht. Es ist nur sehr interessant und unterhaltsam. Aber nur los. Entwickeln Sie Ihre Argumente ruhig weiter. Vielleicht ist doch etwas dabei, was ich meinem Chef unter die Nase reiben kann, wenn ich das nächste Mal aus einem unerfreulichen Auftrag wieder heraus will.« Er grinste boshaft.

Bond übersah es.

»Um den Unterschied zwischen Gut und Böse festzulegen, haben wir zwei Bilder aufgestellt, die diese beiden Extreme verkörpern, die das tiefste Schwarz und das reinste Weiß darstellen, und diese Bilder nennen wir Gott und Teufel. Nur haben wir dabei ein bißchen gemogelt. Gott ist ein klares Bild, bei dem man jede Einzelheit deutlich erkennen kann. Aber wie ist es mit dem Teufel? Wie sieht er aus?« Triumphierend blickte Bond zu Mathis auf.

Mathis lachte ironisch. »Wie eine Frau!«

»Das ist alles sehr schön«, sagte Bond, »aber ich habe über diese Dinge nachgedacht und überlege immer, auf welcher Seite ich eigentlich sein sollte. Mir tun der Teufel und seine Jünger, wie zum Beispiel Le Chiffre, ausgesprochen leid. Der Teufel hat es nicht leicht, und ich bin immer geneigt, mich auf die Seite der Unterlegenen zu schlagen. Wir geben dem armen Kerl einfach keine Chance. Über die Güte, über gute Taten und so weiter haben wir ein dickes Buch, aber über die Bosheit und über böse Taten haben wir keins. Der Teufel hatte keine Propheten, die seine Zehn Gebote aufschrieben, und niemanden, der seine Biographie schrieb. Diese Einzelheiten sind irrtümlicherweise verlorengegangen. Bis auf einige Märchen, die uns Eltern und Lehrer erzählen, wissen wir von ihm nichts. Er hat kein Buch, in dem das Wesen des Bösen in allen Formen geschildert ist, mit Gleichnissen über böse Menschen, mit Sprichwörtern von bösen Menschen und mit Volksliedern über böse Menschen. Wir haben lediglich das lebendige Beispiel jener Menschen, die weniger gut waren, oder unsere eigene Intuition.«

Dieses Argument war so ausgezeichnet, daß Bond es noch weiter ausspinnen wollte. »Le Chiffre diente einem wunderbaren Zweck, einem wirklich lebenswichtigen Zweck, vielleicht sogar dem besten und höchsten Zweck. Durch seine böse Existenz, die zu vernichten ich dummerweise behiflich war, schuf er eine Norm des Schlechten, durch die – und durch die allein – eine gegensätzliche Norm des Guten existieren konnte. Während unserer kurzen Bekanntschaft hatten wir das Vorrecht, seine Boshaftigkeit zu erleben, und daraus sind wir als bessere und tugendhaftere Menschen hervorgegangen.«

»Bravo!« sagte Mathis. »Ich bin stolz auf Sie. Man sollte Sie jeden Tag ein bißchen foltern. Ich darf tatsächlich nicht vergessen, heute abend noch irgend etwas Böses zu tun. Ich muß sofort damit anfangen. Ein paar Pluspunkte – leider sehr kleine – habe ich in dieser Hinsicht zwar bereits, aber ich werde mich beeilen, damit ich bald heller sehe. Wunderbare Zeiten liegen noch vor mir. Jetzt müssen wir nur überlegen, womit ich anfange: Mord, Gift oder vielleicht eine Vergewaltigung? Nein, das ist nicht das Richtige. Ich muß mich doch an den guten Marquis de Sade halten. Ich bin noch ein unschuldiges Kind, ein völlig unschuldiges Kind in diesem Fach.«

Sein Gesicht verzog sich.

»Und dann wäre da noch unser Gewissen, mein lieber Bond. Was machen wir mit ihm, wenn wir eine saftige Sünde begehen? Das ist auch ein Problem. Das Gewissen ist leider ein gerissener Patron und sehr alt, wirklich sehr alt. Über dieses Problem müssen wir erst noch sehr gründlich nachdenken, damit wir uns das Vergnügen nicht verderben. Am besten wäre es natürlich, wenn wir es gleich abmurksten – nur ist es ein ziemlich zäher

Vogel. Es wird nicht leicht sein; aber wenn wir es schaffen sollten, werden wir den lieben Le Chiffre leicht in den Schatten stellen.

Für Sie, mein lieber James, ist es einfach. Sie fangen damit an, daß Sie Schluß machen. Das war ein glänzender Einfall von Ihnen, ein großartiger Beginn Ihrer neuen Laufbahn. Und so einfach! Jeder hat den Revolver des Rücktritts in der Tasche. Man braucht nur abzudrücken, und schon hat das Gewissen und das eigene Land ein großes Loch im Kopf: Mord und Selbstmord mit nur einer Kugel! Großartig! Ein schwieriger, aber ruhmreicher Beruf. Und was mich betrifft – ich werde mich gleich an meine neuen Aufgaben machen.«

Er blickte auf seine Uhr.

»Ausgezeichnet. Der Anfang ist bereits gemacht. Schon vor einer halben Stunde sollte ich zu einer Besprechung beim Polizeichef sein.«

Lachend stand er auf.

»Das war höchst amüsant, mein lieber James. Damit sollten Sie auf die Bühne. Noch ein Wort zu Ihrem eigenen Problem, zu ihrem Unvermögen, gute Menschen von schlechten und Helden von Bösewichtern unterscheiden zu können. Theoretisch ist es natürlich ein schwieriges Problem. Das Geheimnis liegt jedoch in der persönlichen Erfahrung – ganz gleich, ob man Chinese oder Engländer ist.«

An der Tür blieb er einen Augenblick stehen.

»Sie geben zu, daß Le Chiffre Ihnen persönlich übel mitgespielt hat und daß Sie ihn umbringen würden, wenn er hier im Zimmer erschiene!

Schön. Wenn Sie wieder in London sind, werden Sie feststellen, daß es noch eine Menge Le Chiffres gibt, die versuchen, Sie, Ihre Freunde und Ihr Land zu vernichten. M wird Ihnen bestimmt einiges erzählen können. Und da Sie jetzt einen wirklich bösen Menschen kennengelernt haben, werden Sie selbst wissen, wie böse diese Kerle sein können, und Sie werden sie zu vernichten versuchen, um sich selbst und die Menschen, die

Sie gern haben, vor ihnen zu schützen. Sie werden über diesen Punkt nicht streiten. Sie wissen jetzt, wie diese Kerle sind und was sie einem Menschen antun können. Sie werden sich Ihre Aufträge vielleicht etwas kritischer aussuchen; Sie werden vielleicht überzeugt werden, daß das Ziel wirklich schwarz ist – aber es gibt genügend pechschwarze Ziele. Aber dann werden Sie den Auftrag ausführen. Sollten Sie sich jedoch eines Tages verlieben oder sogar Frau und Kinder haben, wird alles noch sehr viel einfacher.«

Mathis öffnete die Tür und blieb auf der Schwelle wieder stehen.

»Umgeben Sie sich mit menschlichen Geschöpfen, mein lieber James. Mit ihnen kann man sich nämlich leichter auseinandersetzen als mit Prinzipien.«

Er winkte noch einmal zurück und schloß die Tür.

»Heh!« rief Bond laut.

Aber die Schritte entfernten sich schnell über den Korridor.

21

Am darauffolgenden Tag verlangte Bond, Vesper zu sprechen.

Bisher hatte er nicht den Wunsch gehabt, sie zu sehen. Ihm wurde nur ausgerichtet, daß sie jeden Tag in das Krankenhaus käme und sich nach ihm erkundigte. Blumen waren von ihr gekommen. Bond mochte Blumen nicht, und deshalb hatte er der Schwester aufgetragen, sie einem anderen Patienten zu geben. Nachdem es zweimal passiert war, kamen keine mehr. Bond hatte Vesper damit gar nicht beleidigen wollen. Er mochte nur keine femininen Dinge um sich haben. Blumen schienen seiner Ansicht nach zu verlangen, daß man sich mit der Person, die sie geschickt hatte, beschäftigte, und gleichzeitig schienen sie das Mitgefühl und die Zuneigung der Absenderin auszudrücken. Das aber fand Bond lästig. Er wollte nicht verhätschelt werden – schon gar nicht von einer Frau.

Bond fand es ermüdend, diese Dinge Vesper erklären zu müssen. Und er fand es peinlich, Vesper ein paar Fragen stellen zu müssen, die ihn beschäftigten — Fragen über ihr Verhalten. Die Antworten würden sie wahrscheinlich zu einem ausgesprochenen Dummkopf stempeln. Dann mußte er langsam auch den Bericht an M schreiben, bei dem er jede Kritik an Vesper vermeiden wollte. Sonst war es nämlich sehr leicht möglich, daß sie ihre Stellung verlöre.

Vor allem aber — und das gestand er sich auch ein — fürchtete er die Antwort auf eine erheblich schmerzlichere Frage.

Der Arzt hatte sich mit Bond oft über seine Verletzungen unterhalten. Immer wieder hatte er ihm gesagt, daß die fürchterlichen Schläge, die seinen Körper getroffen hatten, keine nachteiligen Folgen haben würden. Er hatte gesagt, daß Bonds Gesundheit vollständig wiederhergestellt würde und daß Bond später nichts mehr merken würde. Diese beruhigenden Versicherungen schienen jedoch in einem Gegensatz zu dem zu stehen, was Bond sah und fühlte. Sein Körper war immer noch geschwollen und mit blutigen Schrammen übersät, und sobald die Wirkung der Spritzen nachließ, setzten wieder bohrende Schmerzen ein. Vor allem aber hatte seine Phantasie gelitten. In der einen Stunde, in der er mit Le Chiffre allein in dem Zimmer gewesen war, war ihm die Überzeugung eingehämmert worden, impotent zu werden, und dadurch war eine Wunde zurückgeblieben, die nur durch Erfahrung geheilt werden konnte.

Von jenem erstenmal an, als er Vesper in der Bar des Hermitage gegenübersaß, hatte er sie begehrenswert gefunden; außerdem wußte er, daß er bestimmt versucht haben würde, mit Vesper zu schlafen, wenn die Dinge im Nachtklub anders verlaufen wären, wenn Vesper irgendwie darauf reagiert hätte und wenn sie nicht entführt worden wäre. Selbst später — im Wagen und vor der Villa, als er doch wirklich anderes zu bedenken hatte — war ihm ihre aufreizende Nacktheit sehr nachdrücklich zum Bewußtsein gekommen.

Und jetzt hatte er vor ihrem Anblick Angst. Er fürchtete,

daß weder seine Sinne noch sein Körper auf ihre Schönheit reagieren würden, daß er nicht das leise Verlangen spüren und daß sein Blut kalt bleiben würde. In Gedanken hatte er dieses erste Wiedersehen zu der Generalprobe erhoben, und deswegen hatte er Angst. Das war auch der eigentliche Grund, warum er dieses erste Wiedersehen über eine Woche lang hinausgeschoben hatte. Am liebsten hätte er auch jetzt noch damit gewartet, aber dann redete er sich ein, daß der Bericht endlich weggeschickt werden müsse, daß jeden Tag ein Beauftragter Londons auftauchen könnte und sich die ganze Geschichte erzählen lassen würde, was heute genausogut möglich war wie morgen, und daß er dann jedenfalls Bescheid wissen würde.

Deshalb ließ er sie am achten Tag um ihren Besuch bitten, am frühen Morgen, weil er sich dann nach der Nachtruhe ausgeruht und kräftig fühlte.

Völlig grundlos hatte er damit gerechnet, daß man ihr die Folgen jener Erlebnisse noch anmerken würde, daß sie blaß und sogar leidend aussähe. Er war nicht darauf vorbereitet, das schlanke, bronzebraune Mädchen vor sich zu sehen, das einen cremefarbenen Plisseerock mit breitem, schwarzem Gürtel trug, strahlend durch die Tür kam und lächelnd an seinem Bett stehenblieb.

»Menschenskind, Vesper«, sagte er mit einer verhaltenen Geste des Willkommens, »Sie sehen ausgesprochen prächtig aus. Wenn es Ihnen schlecht geht, scheinen Sie direkt aufzublühen. Woher haben Sie denn bloß die wunderbare Bräune?«

»Ich habe auch ein richtig schlechtes Gewissen«, sagte sie und setzte sich auf den Bettrand. »Ich bin jeden Tag zum Baden gegangen, während Sie immer im Bett liegen mußten. Der Arzt hat mir jedoch zugeredet, und Leiter S auch. Und außerdem glaubte ich, daß es Ihnen doch nicht helfen würde, wenn ich den ganzen Tag in meinem Zimmer herumgelungert hätte. Ich habe ziemlich in der Nähe eine Stelle mit herrlichem Strand gefunden, und dort fahre ich jeden Tag hin, nehme mir das Mittagessen und ein Buch mit und komme erst abends wieder zurück. Hin und zurück fahre ich mit dem Bus, und dann brauche ich nur noch ein kurzes Stück über die Dünen zu gehen; langsam vergesse ich schon, daß ich nur ein Stückchen weiterzufahren brauchte, um zu der Villa zu kommen.«

Ihre Stimme bebte.

Die Erwähnung der Villa hatte aber auch zur Folge, daß Bonds Augen unruhig wurden.

Tapfer redete sie weiter und versuchte, sich durch Bonds Schweigen nicht aus der Fassung bringen zu lassen.

»Der Doktor meint, daß Sie auch bald wieder aufstehen könnten. Und da dachte ich ... Ich dachte, daß Sie dann vielleicht auch zum Baden mitkommen würden. Der Doktor meint nämlich, daß das Baden Ihnen sehr gut tun würde.«

Bond knurrte nur.

»Weiß der Himmel, wann ich wieder baden kann«, sagte er schließlich. »Der Doktor redet immer nur durch die Blume. Und wenn ich wirklich wieder baden kann, wird es wahrscheinlich besser sein, wenn mir kein Mensch vorerst zusieht. Ich möchte nämlich niemanden erschrecken.« Er sah anzüglich an sich hinunter. »Abgesehen von allem anderen bestehe ich zur Zeit nur aus Kratzern und Schrammen. Aber lassen Sie sich dadurch nur nicht abhalten – dazu besteht wirklich nicht der geringste Anlaß.«

Die Bitterkeit und die Ungerechtigkeit, die in diesen Worten lagen, verletzten Vesper.

»Verzeihung«, sagte sie. »Ich dachte nur ... Ich wollte doch nur versuchen ...«

Plötzlich standen Tränen in ihren Augen. Sie schluckte.

»Ich wollte ... ich wollte Ihnen nur helfen, schnell wieder gesund zu werden.«

Ihre Stimme klang erstickt. Kläglich sah sie ihn an, dessen Blick und Verhalten so anklägerisch war.

Dann brach sie zusammen; sie verbarg ihr Gesicht in den Händen und schluchzte auf.

»Es tut mir so leid«, sagte sie mit erstickter Stimme. »Es

tut mir wirklich so leid.« Mit der einen Hand suchte sie in der Handtasche nach ihrem Taschentuch. »Schuld an allem habe ich.« Sie tupfte sich die Augen. »Ich weiß selbst, daß ich allein die Schuld an allem habe.«

Sofort wurde Bond weich. Er streckte seine verbundene Hand aus und legte sie auf ihr Knie.

»Es ist schon gut, Vesper. Es tut mir leid, daß ich so grob war. Aber das kommt nur, weil ich neidisch bin, daß Sie in der Sonne liegen können und ich mich hier nicht richtig rühren kann. Sobald ich wieder einigermaßen in Ordnung bin, müssen Sie mir Ihren Badestrand zeigen. Das wünsche ich mir von Ihnen. Ich kann es kaum mehr erwarten.«

Sie streichelte seine Hand, erhob sich und ging zum Fenster. Eine Weile hatte sie mit ihrem Make-up zu tun. Dann kam sie wieder zu ihm.

Bond blickte sie zärtlich an. Wie alle herben und kalten Menschen wurde er schnell sentimental. Sie war sehr schön, und er fühlte sich stark zu ihr hingezogen; er beschloß, seine Fragen so leicht wie nur möglich zu machen.

Er gab ihr eine Zigarette, und eine Zeitlang unterhielten sie sich über den Besuch von Leiter S sowie über die Reaktionen, die Le Chiffre in London ausgelöst hatte.

Nach allem, was sie erzählte, war klar, daß das Ziel des Unternehmens mehr als erreicht worden war. Die Geschichte erregte immer noch Aufmerksamkeit in der ganzen Welt, und Korrespondenten der meisten englischen und amerikanischen Zeitungen waren in Royale aufgetaucht, um den Millionär aus Jamaika ausfindig zu machen, der Le Chiffre am Spieltisch besiegt hatte. Schließlich waren sie auf Vesper gestoßen, aber das Mädchen hatte sich gut gehalten. Sie hatte nur erzählt, daß Bond ihr gesagt hätte, er würde anschließend nach Cannes und Monte Carlo fahren, um mit dem gewonnenen Geld zu spielen. Daraufhin hatte sich die Jagd nach Südfrankreich verlagert. Mathis und die Polizei hatten sämtliche Spuren verwischt, und so mußten sich die Zeitungen auf die Geschehnisse in Straßburg sowie auf das Chaos in den Reihen der französischen Kommunisten beschränken.

»Übrigens, Vesper«, sagte Bond nach einiger Zeit, »was ist nun eigentlich mit Ihnen passiert, nachdem sie mich im Nachtklub allein ließen? Mehr als Ihre Entführung habe ich nämlich nicht gesehen.« Er erzählte ihr kurz die Szene vor dem Kasino.

»Ich glaube, ich muß damals den Kopf verloren haben«, sagte Vesper und vermied es, Bond anzusehen. »Als ich Mathis in der Halle nicht vorfand, ging ich nach draußen; dort fragte mich der Commissionaire, ob ich Miss Lynd sei. Und dann sagte er, der Mann, der mir den Zettel geschickt hätte, warte in einem Wagen, der rechts von der Treppe stehe. Irgendwie fand ich es gar nicht so merkwürdig. Ich hatte Mathis gerade erst kennengelernt und kannte seine Gewohnheiten noch nicht, und deshalb ging ich sofort zu dem Wagen. Er stand ziemlich weit rechts und ziemlich im Schatten. Als ich dann herangekommen war, sprangen Le Chiffres Leute hinter einem anderen Wagen vor und zogen mir einfach den Rock über den Kopf.«

Vesper war rot geworden.

»Der Trick scheint so kindisch zu sein«, erzählte sie weiter und blickte Bond dabei reumütig an. »In Wirklichkeit ist er jedoch entsetzlich wirksam. Man ist völlig gefangen, und obgleich ich schrie, hat wahrscheinlich kein Mensch auch nur einen Ton gehört. Ich habe zwar um mich getreten, aber auch das war sinnlos, weil ich nichts sehen konnte, und mit den Armen konnte ich doch nichts machen. Dann nahmen die beiden mich zwischen sich und schoben mich auf den Rücksitz. Ich wehrte mich natürlich immer noch, und als der Wagen dann anfuhr und die beiden versuchten, den Rock über meinem Kopf zuzubinden, bekam ich plötzlich einen Arm frei und warf meine Handtasche durch das Fenster. Ganz nutzlos war es hoffentlich nicht.«

Bond nickte.

»Ich tat es ganz instinktiv. Ich dachte nur, daß Sie doch gar nicht wüßten, was mit mir passiert war, und ich hatte entsetzliche Angst. Deshalb tat ich das, was mir gerade einfiel.«

Bond wußte, daß Le Chiffre es im Grunde allein auf ihn abgesehen hatte und daß die Kerle die Handtasche in dem Augenblick, in dem er auftauchte, selbst hinausgeworfen hätten, wäre Vesper ihnen nicht zuvorgekommen.

»Es half mir natürlich ein ganzes Stück weiter«, sagte Bond. »Aber warum haben Sie mir kein Zeichen gegeben, als die Kerle mich nach dem Unfall geschnappt hatten und ich Sie ansprach? Ich machte mir schon gräßliche Sorgen. Ich glaubte, man hätte Sie zusammengeschlagen – oder so ähnlich.«

»Ich war wohl ohne Besinnung«, sagte Vesper. »Einmal wurde ich ohnmächtig, weil ich kein Luft bekam, so daß die Leute ein Loch in den Rock schneiden mußten. Wahrscheinlich bin ich später noch einmal ohnmächtig geworden. Genau weiß ich nichts mehr, bis wir vor der Villa ausstiegen. Und daß man Sie auch gefangengenommen hatte, merkte ich erst richtig, als ich hörte, wie Sie mir nachzulaufen versuchten.«

»Und getan hat man Ihnen nichts?« fragte Bond. »Man hat Sie völlig in Ruhe gelassen, solange ich oben fertiggemacht wurde?«

»Ja«, sagte Vesper. »Man hat mich nur in einen Sessel gesetzt. Die beiden haben getrunken und Karten gespielt, und dann schliefen sie ein. Dabei hat *Smersch* sie wahrscheinlich auch überrascht. Man hatte mir die Füße zusammengebunden und meinen Sessel so hingestellt, daß mein Gesicht zur Wand zeigte. Von *Smersch* habe ich überhaupt nichts gesehen. Ich hörte zwar merkwürdige Geräusche, von denen ich wahrscheinlich auch aufgeweckt wurde. Und dann schien einer der beiden vom Stuhl gefallen zu sein – so hörte es sich wenigstens an. Ich hörte noch Schritte und das Schließen einer Tür, und dann blieb es ruhig, bis Mathis und die Polizisten hereinstürzten, ein paar Stunden später. Die meiste Zeit habe ich geschlafen. Ich hatte keine Ahnung, was mit Ihnen passierte, aber ...« Ihre Stimme schwankte. »Aber einmal hörte ich einen entsetzlichen Schrei. Er klang sehr weit weg. Wenigstens halte ich es jetzt für einen Schrei. Damals dachte ich, ich hätte geträumt.«

»Das werde ich wohl leider gewesen sein«, sagte Bond.

Vesper legte ihre Hand auf seine; ihre Augen füllten sich mit Tränen.

»Es ist entsetzlich«, sagte sie, »was man mit Ihnen gemacht hat. Und alles nur durch meine Schuld. Wenn ich nur ...«

Sie verbarg das Gesicht in ihren Händen.

»Schon gut«, sagte Bond beruhigend. »Es hat keinen Sinn, sich über Vergangenes aufzuregen. Das ist jetzt vorüber, und wir können nur froh sein, daß man Ihnen nichts getan hat.« Er streichelte ihr Knie. »Man wollte Sie nämlich vornehmen, wenn ich weichgeworden war.« Weichwerden ist gut, dachte er. »Dafür müssen wir beide *Smersch* schon sehr dankbar sein. Aber reden wir jetzt nicht mehr davon. Das hätte nämlich auch jedem anderen passieren können, und außerdem haben wir es mittlerweile überstanden«, fügte er noch aufmunternd hinzu.

Durch ihre Tränen hindurch blickte Vesper ihn dankbar an. »Wirklich?« fragte sie. »Und ich dachte schon, Sie würden es mir nie verzeihen. Ich ... ich will auch versuchen, es irgendwie wiedergutzumachen. Irgendwie.« Sie sah ihn an.

Irgendwie? überlegte Bond. Er blickte zu ihr hoch. Sie lächelte ihn an, und er gab das Lächeln zurück.

»Ich an Ihrer Stelle würde mich etwas mehr vorsehen«,sagte er. »Ich könnte Sie sonst eines Tages beim Wort nehmen.«

Sie sah in seine Augen und sagte nichts, aber die rätselhafte Herausforderung war wieder da. Sie drückte seine Hand und stand auf. »Versprochen ist versprochen«, sagte sie.

Dieses Mal wußten beide, was das Versprechen bedeutete.

Sie nahm ihre Handtasche vom Bett und ging zur Tür.

»Soll ich morgen wiederkommen?« Sie sah Bond ernsthaft an.

»Ja, bitte, Vesper«, sagte Bond. »Ich möchte es gern. Und setzen Sie Ihre Forschungsfahrten fort. Ich finde es großartig, mir auszumalen, was wir tun, wenn ich wieder gesund bin. Einverstanden?«

»Ja«, sagte Vesper. »Und werden Sie bitte ganz schnell gesund.«

Eine Sekunde lang blickten sie sich an. Dann verließ sie das Zimmer und schloß die Tür, und Bond lauschte, bis ihre Schritte verklungen waren.

22

Von jenem Tag an erholte Bond sich schnell.

Er saß in seinem Bett und schrieb den Bericht für M. Das, was er an Vespers Verhalten immer noch dilettantisch hielt, wurde dabei völlig unwichtig, während die Entführung sehr viel geheimnisvoller klang, als sie tatsächlich gewesen war. Er lobte Vespers Kaltblütigkeit und Haltung während der ganzen Episode, ohne zu erwähnen, daß einiges auf ihn einen völlig unverantwortlichen Eindruck gemacht hätte.

Vesper besuchte ihn täglich, und er freute sich darauf. Sie berichtete glücklich von ihren Abenteuern des vergangenen Tages, von ihren Forschungsfahrten entlang der Küste und von den Restaurants, in denen sie gegessen hatte. Sie hatte sich mit dem Polizeichef und mit einem der Kasinodirektoren angefreundet, und diese beiden Männer führten sie abends aus und liehen ihr tagsüber ihren Wagen. Sie überwachte die Reparatur des Bentley, der nach Rouen in eine Karosseriewerkstatt geschleppt worden war, und sie sorgte sogar dafür, daß einige Anzüge aus Bonds Londoner Wohnung hergeschickt wurden. Von seinen mitgenommenen Sachen war nichts mehr vorhanden; auf der Suche nach den vierzig Millionen Francs war auch der kleinste Saum aufgeschnitten worden.

Die Sache mit Le Chiffre wurde von beiden mit keinem Wort mehr erwähnt. Hin und wieder erzählte sie Bond amüsante Geschichten aus ihrem Londoner Büro. Anscheinend war sie ursprünglich beim englischen Frauenhilfsdienst gewesen. Und er erzählte ihr von seinen Abenteuern im Service.

Er merkte dabei, daß er völlig ungezwungen mit ihr sprechen konnte, und war überrascht. Das Verhältnis zwischen Vesper und ihm war ganz anders, als er es bisher bei anderen Frauen kennengelernt hatte.

In dem langweiligen Zimmer und in der Abgeschlossenheit, die zu seiner Behandlung gehörte, war ihre Gegenwart täglich eine Oase der Freude – ein Grund, sich darauf zu freuen. In ihren Gesprächen lag lediglich eine gewisse Kameradschaftlichkeit mit einem leisen Unterton von Zuneigung. Und im Hintergrund stand das unausgesprochene Verlangen nach einem Versprechen, das irgendwann und zu seiner Zeit erfüllt werden würde. Über allem aber lagen die Schatten seiner Verletzungen und die Qual ihrer langsamen Heilung.

Ob Bond wollte oder nicht – der Zweig war seinem Messer bereits entkommen und jetzt bereit, voll aufzublühen.

Bonds Genesung machte jedoch erfreuliche Fortschritte. Er durfte aufstehen, dann durfte er im Garten sitzen, dann durfte er einen kurzen Spaziergang und schließlich sogar eine lange Autofahrt machen. Und dann kam der Nachmittag, an dem der Arzt zu einer kurzen Untersuchung von Paris herübergeflogen wurde und ihn für geheilt erklärte. Vesper brachte seinen Anzug, er verabschiedete sich von den Schwestern, und dann fuhren sie mit einem Mietwagen davon.

Drei Wochen war es her, daß er an der Schwelle des Todes gestanden hatte, und jetzt war es Juli, und der heiße Sommer flimmerte über der Küste und über der See. Bond klammerte sich an den Augenblick.

Das Ziel ihrer Fahrt sollte eine Überraschung für ihn sein. Er wollte nicht in eines der großen Hotels in Royale zurück, und Vesper hatte erklärt, sie würde schon etwas finden, das außerhalb der Stadt läge. Sie bestand jedoch darauf, es vor ihm geheimzuhalten, und hatte nur gesagt, daß sie etwas entdeckt hätte, was ihm bestimmt gefallen würde. Er war froh, ihr die Entscheidung überlassen zu können, kam dann jedoch dahinter, daß der Ort am Meer liegen müßte – was sie auch zugab – und pries die Vorzüge im Freien stehender Klosetts, blutrünstiger Wanzen und fetter Küchenschaben.

Die Fahrt wurde ihnen durch ein merkwürdiges Erlebnis verdorben.

Während sie die Küstenstraße entlang in Richtung Les Noctambules fuhren, beschrieb Bond ihr seine wilde Jagd in dem Bentley und zeigte ihr schließlich die Kurve, hinter der der Wagen ins Schleudern geraten war, sowie die Stelle, an der er in die spitze Nagelkette geraten war. Er ließ den Wagen langsamer fahren und beugte sich aus dem Seitenfenster, um ihr die tiefen Rillen in der Fahrbahn zu zeigen, die von den Radfelgen stammten; und schließlich kamen sie auch zu der Stelle, an der der Wagen liegengeblieben war und an der man immer noch abgeknickte Zweige in der Hecke sowie einen dunklen Ölfleck entdecken konnte.

Die ganze Zeit schon war sie jedoch zerstreut und nervös gewesen, und auf alles hatte sie nur einsilbige Antworten gegeben. Einmal oder zweimal hatte er beobachtet, wie sie in den Rückspiegel geblickt hatte; als er dann jedoch die Möglichkeit hatte, sich umzudrehen, hatten sie gerade eine Kurve hinter sich, so daß er nichts sehen konnte.

Schließlich griff er nach ihrer Hand.

»Was haben Sie denn, Vesper?« fragte er.

Strahlend, aber doch irgendwie verzerrt lächelte sie ihn an. »Nichts – gar nichts! Ich hatte nur die verrückte Vorstellung, daß wir verfolgt würden. Aber es werden wohl die Nerven sein. Die ganze Straße wimmelt von Gespenstern.«

Im Schutz eines kurzen Auflachens drehte sie sich um und blickte zurück.

»Da!« Ihre Stimme klang angstvoll.

Sofort drehte Bond sich um. In flottem Tempo kam, etwa fünfhundert Meter von ihnen entfernt, eine schwarze Limousine hinter ihnen her.

Bond lachte.

»Wir sind bestimmt nicht die einzigen, die diese Straße benutzen«, sagte er. »Außerdem: Wer sollte uns schon verfolgen? Wir haben doch nichts getan.« Er streichelte ihre Hand. »Es wird ein Reisender in Wagenpolitur sein, Alter zwischen dreißig und vierzig Jahren, auf dem Weg nach Le Havre. Wahrscheinlich denkt er gerade an das Mittagessen und an seine Pariser Freundin. Wirklich, Vesper — Sie dürfen unschuldigen Menschen keine bösen Absichten unterschieben.«

»Sie haben wahrscheinlich recht«, sagte sie nervös. »Jedenfalls sind wir auch gleich da.«

Sie verstummte und schaute aus dem Fenster.

Bond konnte ihre Spannung immer noch spüren. Er konnte sich ein Lächeln über das, was er für die Folgen ihrer kürzlichen Abenteuer hielt, nicht verkneifen. Dann entschloß er sich jedoch, sie etwas aufzumuntern, und als sie an eine Stelle kamen, von der ein schmaler Weg zur Küste hinunterführte, befahl er dem Fahrer, in den Weg einzubiegen und nach wenigen Metern zu halten.

Von einer hohen Hecke verborgen, blickten sie aus dem Rückfenster.

Durch das friedliche Summen, das die sommerliche Luft erfüllte, konnten sie genau hören, daß der Wagen näher kam. Vesper krallte ihre Finger in seinen Arm. Das Tempo des anderen Wagen veränderte sich auch nicht, als er sich ihrem Versteck näherte, und während die schwarze Limousine vorrüberrollte, konnten sie das Profil des Mannes ganz kurz erkennen.

Es stimmte, daß er anscheinend zu ihnen herübergesehen hatte, aber ihr Wagen hielt auch unter einer buntbemalten Holztafel, auf der ein Pfeil den Weg entlang zeigte, und darunter stand: »L'Auberge du Fruit Défendu, crustaces, fritures.« Bond war sofort klar, daß allein diese Tafel die Aufmerksamkeit des Fahrers geweckt hatte.

Als sich das Motorengeräusch des anderen Wagens immer weiter entfernte, sank Vesper in ihre Ecke zurück. Ihr Gesicht war blaß.

»Er hat zu uns herübergesehen«, meinte sie. »Aber ich habe es Ihnen schon gesagt: Wir werden verfolgt. Und jetzt werden sie wissen, wo wir sind.«

Bond konnte seine Ungeduld nicht mehr unterdrücken. »Blödsinn!« sagte er. »Er hat die Tafel gesehen.« Er zeigte sie Vesper.

Sie schien sehr erleichtert zu sein. »Glauben Sie wirklich?« fragte sie. »Doch ja – Sie scheinen recht zu haben. Wollen wir weiterfahren? Es tut mir wirklich leid, daß ich mich so dumm aufgeführt habe. Ich weiß gar nicht, was mich überkommen hat.«

Sie beugte sich vor, sagte dem Fahrer etwas durch die Trennscheibe, und der Wagen fuhr an. Sie lehnte sich zurück und blickte Bond mit strahlendem Gesicht an. Ihre Wangen hatten beinahe wieder ihre frühere Farbe. »Es tut mir so leid. Es kommt nur ... es kommt nur, weil ich einfach noch nicht glauben kann, daß alles vorüber ist und daß man vor niemandem mehr Angst zu haben braucht.« Sie drückte seine Hand. »Sie halten mich sicher für sehr dumm.«

»Das nicht«, sagte Bond. »Aber ich wüßte wirklich nicht, wer sich ausgerechnet jetzt für uns interessieren sollte. Reden wir nicht mehr darüber. Wir machen jetzt Urlaub, und nirgends ist eine Wolke am Himmel – oder?« fragte er drängend.

»Nein, ich sehe keine.« Sie schüttelte sich leicht. »Ich bin völlig verrückt. Aber jetzt sind wir auch gleich da. Ich hoffe, daß es Ihnen gefallen wird.«

Beide beugten sich vor. Ihr Gesicht war wieder lebhaft geworden, und der Zwischenfall hinterließ nur ein winziges, in der Luft hängendes Fragezeichen. Aber selbst das verschwand, als sie zwischen den Dünen hindurchfuhren und nicht nur das Meer sahen, sondern auch das bescheidene kleine Gasthaus unter den Kiefern.

»Sehr großartig ist es leider nicht«, sagte Vesper. »Aber es ist sehr sauber, und das Essen ist wunderbar.« Ängstlich blickte sie ihn an.

Sie hätte sich keine Sorgen zu machen brauchen. Bond gefiel es auf den ersten Blick: die Terrasse, die fast bis zur Hochwassermarke reichte, das flache, zweistöckige Haus mit den ziegel=

roten Fensterläden und die halbrunde Bucht mit dem dunkel=
blauen Wasser und dem goldgelben Sand. Wie oft hätte er alles dafür gegeben, wenn er einen verborgenen Winkel wie diesen gefunden hätte, wo er alles andere zurücklassen und nur einen Tag vom Morgen bis zum Abend am Wasser sitzen konnte! Und jetzt konnte er es eine ganze Woche lang tun – mit Vesper zusammen. In Gedanken ließ er die Kette der kommenden Tage langsam durch die Finger gleiten.

Sie bogen in den Hof ein, der hinter dem Haus lag, und dann kam der Besitzer mit seiner Frau heraus, um sie zu begrüßen.

Monsieur Versoix war ein Mann mittleren Alters und hatte nur noch einen Arm. Den anderen hatte er bei den Kämpfen in Madagaskar verloren. Er war mit dem Polizeichef von Royale befreundet, und der Commissaire hatte Vesper auf dieses Gast=
haus aufmerksam gemacht und mit dem Besitzer telefoniert. Die Folge war, daß dem Besitzerehepaar für diese Gäste nichts gut genug war.

Madame Versoix war mitten bei der Vorbereitung des Essens gestört worden. Sie trug daher eine Schürze und hielt einen Holzlöffel in der Hand. Sie war jünger als ihr Mann, pummelig, hübsch und warmherzig. Instinktiv nahm Bond an, daß die bei=
den keine Kinder hatten und daß sie ihre ganze Zuneigung ihren Freunden, einigen regelmäßigen Gästen und wahrscheinlich auch irgendwelchen Haustieren schenkten. Er konnte sich vorstellen, daß das Leben der beiden nicht ganz einfach war und daß es im Winter, mit dem Rauschen des Meeres und dem heulenden Sturm in den Kiefern, hier sehr einsam sein konnte.

Monsieur Versoix zeigte ihnen die Zimmer.

Vesper hatte ein Doppelbettzimmer, während Bonds Zimmer unmittelbar daneben lag und ein Eckzimmer war, dessen eines Fenster auf das Meer hinaus ging, während man vom anderen den Blick auf den zurückliegenden Teil der Bucht hatte. Zwi=
schen den beiden Zimmern lag das Bad. Alles war blitzsauber, wenn auch etwas kärglich eingerichtet.

Monsieur Versoix war sehr erfreut, als beide ihr Entzücken

nicht verbargen. Er sagte, daß um halb acht gegessen würde und daß es frischen Hummer mit zerlassener Butter geben würde. Er bedauerte, daß es gerade jetzt so still sei, aber heute sei Dienstag; über das Wochenende würden aber sicher noch Gäste kommen. Die Saison wäre nicht gut gewesen. Sonst hätten sie immer sehr viele englische Gäste, aber drüben stände nicht alles zum besten, und deshalb kämen die Engländer immer nur zum Wochenende nach Royale und führen wieder nach Hause, sobald sie ihr Geld verloren hätten. Es sei schon lange nicht mehr so wie früher. Tiefsinnig zuckte er die Schultern: Schließlich sei jeder Tag anders als der vorige, jedes Jahrhundert anders als das vergangene, und ...

»Sie haben vollkommen recht«, sagte Bond.

Die ganze Zeit hatten sie auf der Schwelle zu Vespers Zimmer gestanden. Als der Wirt schließlich ging, drängte Bond das Mädchen in das Zimmer und schloß die Tür. Dann legte er seine Hände auf Vespers Schultern und küßte sie auf beide Wangen.

»Ich bin begeistert«, sagte er.

Dann merkte er, daß ihre Augen leuchteten. Seine Hände umspannten ihre Oberarme. Dann kam er dicht an sie heran und legte seine Hände um ihre Taille. Ihr Kopf sank nach hinten, und er preßte seine Lippen auf ihren Mund. Schließlich stieß sie ihn zurück und ließ sich, völlig außer Atem, auf das Bett fallen. Für einen Augenblick sahen sie sich an.

»Verzeihung, Vesper«, sagte er. »Das wollte ich nicht.«

Sie schüttelte den Kopf, betäubt von dem Sturm, der sie durchtost hatte.

Er setzte sich neben sie auf das Bett, und mit verhaltener Zärtlichkeit sahen sie sich an, während die Flut der Leidenschaft in ihren Adern langsam abebbte.

Sie setzte sich auf, küßte ihn auf den Mundwinkel und strich die schwarze Haarlocke aus seiner feuchten Stirn.

»Ach, Darling«, sagte sie. »Gib mir bitte eine Zigarette. Ich weiß gar nicht, wo ich meine Handtasche gelassen habe.« Unsicher sah sie sich im Zimmer um.

Bond zündete eine Zigarette an und steckte sie ihr zwischen die Lippen. Sie atmete den Rauch tief in die Lunge und dann mit einem leisen Seufzen wieder aus.

Bond legte seinen Arm um sie; sie stand jedoch auf und trat an das Fenster. Dort blieb sie stehen, den Rücken ihm zugekehrt.

Bond blickte auf seine Hände hinunter und sah, daß sie immer noch zitterten.

»Bis zum Abendbrot ist noch etwas Zeit«, sagte Vesper, ohne sich umzudrehen. »Du kannst inzwischen baden – ich werde deine Sachen auspacken.«

Bond stand auf und trat hinter sie. Sie legte ihre Hände auf seine, die ihre Brüste umfaßten, blickte jedoch immer noch aus dem Fenster.

»Nicht jetzt«, sagte sie leise.

Bond beugte sich vor und küßte ihren Hals. Einen Augenblick preßte er sie an sich; dann ließ er sie los.

»Also gut, Vesper«, sagte er.

Er ging bis zur Tür und sah sich dann um. Sie hatte sich nicht gerührt. Aus irgendeinem Grunde glaubte er, sie weine. Er machte einen Schritt auf sie zu, erkannte dann jedoch, daß es zwischen ihnen nichts mehr zu sagen gab. Leise verließ er das Zimmer und schloß die Tür.

Bond ging in sein Zimmer und setzte sich auf sein Bett. Er fühlte sich elend von der Leidenschaft, die seinen Körper überschwemmt hatte. Hin und her gerissen wurde er zwischen dem Wunsch, sich der Länge nach auf das Bett fallen zu lassen, und der Sehnsucht, sich vom Meer abkühlen und erfrischen zu lassen. Er spielte einen Augenblick mit diesen beiden Möglichkeiten, ging dann jedoch zu seinem Koffer hinüber und holte seine weißleinene Badehose sowie einen dunkelblauen Morgenmantel heraus.

Bond hatte Schlafanzüge nie ausstehen können und hatte immer nackt geschlafen, bis er – gegen Ende des Krieges – in Hongkong die vollkommene Lösung dieses Problems fand: einen seidenen Morgenmantel, der fast bis zu den Knien reichte, ohne

Knöpfe, sondern nur mit einem Gürtel. Die Ärmel waren weit und kurz und reichten bis knapp über die Ellbogen. Der Mantel war kühl und bequem, und als er ihn jetzt überzog, waren sämtliche Schrammen und Narben wieder verborgen — abgesehen allein von den schmalen weißen Armreifen an Handgelenken und Knöchel sowie von der Narbe, die *Smersch* auf seinem rechten Handrücken hinterlassen hatte.

Mit den Füßen schlüpfte er in dunkelblaue Ledersandalen, lief die Treppe hinunter, verließ das Haus und ging über die Terrasse zum Strand. Als er vor dem Hause war, dachte er an Vesper, blickte jedoch nicht hinauf, ob sie vielleicht immer noch am Fenster stünde. Aber auch sie zeigte nicht, daß sie ihn sähe.

Am Wasser entlang ging er über den harten, goldgelben Sand, bis er vom Gasthaus aus nicht mehr zu sehen war. Dann warf er den Seidenmantel ab, machte einen kurzen Lauf und rannte dann in die kleinen Wellen hinein. Das Wasser wurde sehr schnell tief, und er tauchte, solange er konnte, schwamm mit kräftigen Stößen unter Wasser und spürte die sanfte Kühle am ganzen Körper. Dann kam er wieder hoch und strich sich das Haar aus den Augen. Es war beinahe sieben Uhr, und die Sonne hatte schon viel von ihrer Hitze verloren. In kurzer Zeit würde sie hinter dem weiten Bogen der Bucht versinken; aber jetzt schien sie ihm noch direkt in die Augen, und er legte sich auf den Rücken und schwamm von ihr weg, so daß er sie möglichst lange sehen konnte.

Als er wieder zum Strand kam, lag der Seidenmantel, von dem er jetzt mehr als einen Kilometer entfernt war, bereits im Schatten. Er wußte jedoch, daß er noch genügend Zeit hatte, um sich zum Trocknen auf den Sand zu legen, bevor die Schatten der Dämmerung ihn hier erreichten.

Er zog die Badehose aus und blickte an seinem Körper hinunter. Von den Verletzungen waren nur noch ein paar Narben zurückgeblieben. Er zuckte mit der Schulter und legte sich mit gespreizten Gliedern hin, so daß er einem Stern ähnelte; dann sah er in den wolkenlosen Himmel und dachte an Vesper.

Seine Empfindungen für sie waren durcheinandergeraten, und gerade das machte ihn ungeduldig. Zuerst war es so einfach gewesen. Er hatte die Absicht gehabt, mit ihr zu schlafen, sobald es irgendwie möglich war, weil sie auf ihn anziehend wirkte – aber auch, und das gab er ohne weiteres zu, weil er ganz nüchtern ausprobieren wollte, ob seine Verletzungen endgültig ausgeheilt waren. Er hatte damit gerechnet, ein paar Tage hier mit ihr zusammen zu sein und sie dann vielleicht in London gelegentlich wiederzusehen. Dann wäre die unvermeidbare Trennung gekommen, die durch ihre Aufgaben innerhalb des Service sehr leicht gewesen wäre. Und hätten sich aus dem Verhältnis irgendwelche Schwierigkeiten ergeben, hätte er sich einen Auftrag geben lassen, zu dem er in das Ausland fahren mußte, oder aber er wäre zurückgetreten und hätte sich einen langgehegten Wunsch erfüllt: eine Reise in verschiedene Gegenden der Welt.

Aber irgendwie war sie ihm mittlerweile sehr viel nähergekommen, und während der letzten zwei Wochen hatten sich seine Gefühle langsam verändert.

Er fand ihre Gegenwart entspannend und unterhaltsam. Sie hatte etwas Rätselhaftes an sich, das wie ein ständiger Anreiz wirkte. Meistens verbarg sie ihr eigentliches Wesen, und er fühlte, daß immer ein unbekannter Raum bleiben würde, in den er nie eindringen könnte, mochten sie auch noch solange zusammen sein. Sie war in allem rücksichtsvoll und überlegt, ohne jedoch ergeben zu sein und ohne ihre leichte Arroganz im geringsten aufzugeben. Und jetzt wußte er, daß sie außerdem durch und durch und in erregender Weise sinnlich war, daß aber die Unterwerfung ihres Körpers gerade wegen ihrer gewissen Verhaltenheit jedesmal den süßen Schmerz der Gewalt enthalten würde. Die körperliche Liebe würde bei ihr immer eine aufregende Reise ohne die Enttäuschung der Ankunft sein. Sie würde sich bestimmt leidenschaftlich hingeben, ohne jedoch zuzulassen, daß man von ihr Besitz ergriff.

Nackt lag Bond auf dem Sand und versuchte, jene Schlußfolgerungen wegzuwischen, die er am Himmel las. Er drehte den

Kopf zur Seite, blickte den Strand entlang und sah, daß die Schatten ihn inzwischen fast erreicht hatten.

Er stand auf und klopfte den Sand von sich ab. Er überlegte, daß er gleich noch in die Badewanne steigen müßte, um den restlichen Sand abzuspülen; geistesabwesend griff er nach der Badehose und ging langsam zurück. Erst als er vor dem Seidenmantel stand und ihn hochhob, merkte er, daß er immer noch nackt war. Ohne sich irgendwelche Gedanken zu machen, zog er nur den Mantel über und ging zum Gasthaus zurück.

In diesem Augenblick war er sich völlig klargeworden.

23

Als er wieder in seinem Zimmer stand, rührte es ihn, daß seine Sachen bereits aufgeräumt, daß seine Zahnbürste und sein Rasierzeug ordentlich auf der einen Seite der Glasplatte über dem Waschbecken aufgebaut waren. Auf der anderen Seite der Platte sah er Vespers Zahnbürste sowie ein paar Fläschchen und einen Topf mit Gesichtscreme.

Er sah sich die Fläschchen an und stellte überrascht fest, daß das eine ziemlich schwere Schlaftabletten enthielt. Vielleicht hatten die Erlebnisse in der Villa ihre Nerven doch mehr angegriffen, als er geglaubt hatte.

Das Wasser war bereits eingelassen, und auf einem Stuhl neben der Wanne lag nicht nur sein Handtuch, sondern auch ein unangebrochener Flakon mit einer teuren Fichtennadelessenz.

»Vesper«, rief er.

»Ja?«

»Du bist wirklich einzigartig. Ich komme mir vor wie ein kostspieliger Gigolo.«

»Ich habe den Auftrag, für dich zu sorgen. Ich erfülle also nur meine Pflicht.«

»Darling, das Wasser ist genau richtig. Willst du mich heiraten?«

Sie fauchte: »Du brauchst eine Sklavin und keine Ehefrau.«

»Ich brauche dich.«

»Und ich brauche Hummer und Champagner – also beeile dich.«

»Gut, gut«, sagte Bond.

Er trocknete sich ab und zog sich ein weißes Hemd sowie eine dunkelblaue Hose an. Er hoffte, daß sie sich genauso einfach angezogen hätte, und freute sich, als sie, ohne anzukopfen, plötzlich in der Tür stand und eine blaue Leinenbluse trug, die etwas verschossen war und daher genau die Farbe ihrer Augen hatte; der Plisseerock war aus dunkelroter Baumwolle.

»Länger konnte ich nicht mehr warten. Ich vergehe vor Hunger. Mein Zimmer liegt genau über der Küche, und die wunderbaren Düfte waren die reinste Quälerei.«

Er ging zu ihr und legte einen Arm um sie.

Sie hielt seine Hand fest, und so gingen sie nach unten und traten auf die Terrasse hinaus, auf der der Tisch gedeckt war.

Der Champagner, den Bond gleich bei ihrer Ankunft bestellt hatte, stand in einem silbernen Flaschenkühler, und Bond goß die beiden Gläser voll. Vesper beschäftigte sich mit einer köstlichen, hausgemachten Leberpastete und schnitt Scheiben von dem knusprigen Brot, die sie mit der ebenfalls eisgekühlten, dunkelgelben Butter bestrich.

Sie sahen sich an, tranken in tiefen Zügen, und Bond füllte die Gläser wieder bis zum Rand.

Während sie aßen, berichtete Bond von seinem Bad, und dann berieten sie, was sie morgen tun könnten. Während der ganzen Mahlzeit blieben die Gefühle, die sie füreinander hatten, unausgesprochen, aber sowohl in Vespers als auch in Bonds Augen lag Erwartung. Von Zeit zu Zeit berührten sich ihre Hände oder ihre Füße, als sollte damit die Spannung in ihren Körpern besänftigt werden.

Als die Hummerreste abgeräumt waren, die zweite Flasche Champagner nur noch halb voll war und sie gerade Schlagsahne zu den »Fraises des Bois« genommen hatten, seufzte Vesper zufrieden auf.

»Ich benehme mich wie ein Ferkel«, sagte sie glücklich. »Ich bekomme von dir, was ich mir nur wünsche. Noch nie bin ich so verwöhnt worden.« Sie sah auf die mondbeschienene Bucht hinaus. »Ich wünschte, ich verdiente es.« In ihrer Stimme lag ein merkwürdiger Unterton.

»Was meinst du damit?« fragte Bond überrascht.

»Ach – das weiß ich auch nicht. Die Leute bekommen wahrscheinlich, was sie verdienen, und vielleicht verdiene ich es also.«

Sie sah ihn an und lächelte. Ihre Augen verengten sich fragend.

»Eigentlich weißt du nicht viel von mir«, sagte sie plötzlich.

Bond war über den ernsten Unterton überrascht, der in ihrer Stimme lag.

»Mir genügt es«, sagte er lachend. »Ich weiß das, was ich für morgen, übermorgen und überübermorgen brauche. Außerdem weißt du von mir auch nicht allzuviel.« Er goß wieder Champagner nach.

Vesper blickte ihn nachdenklich an.

»Menschen sind Inseln«, sagte sie. »In Wirklichkeit berühren sie sich nie. Auch wenn sie einander noch so nahe sind, bleiben sie immer getrennt – selbst nach fünfzigjähriger Ehe.«

Bestürzt glaubte Bond, daß sie jetzt das Stadium des »Vin triste« erreicht hätte. Der viele Champagner hatte sie melancholisch gemacht. Plötzlich lachte sie jedoch glücklich auf. »Sieh doch nicht so bekümmert aus.« Sie beugte sich vor und legte ihre Hand auf seine. »Ich bin nur etwas sentimental geworden. Außerdem scheint meine Insel heute abend sehr dicht an deiner zu liegen.« Sie nippte an ihrem Glas.

Erleichtert lachte Bond auf. »Dann werden wir sie jetzt zusammenlegen und eine Halbinsel daraus machen«, sagte er. »Und zwar gleich, sobald wir die Erdbeeren aufgegessen haben.«

»Nein«, sagte sie flirtend. »Erst bekomme ich noch einen Kaffee.«

»Und einen Kognak«, schlug Bond sofort zurück.

Der kleine Schatten war verschwunden – der zweite kleine Schatten. Übriggeblieben war jedoch auch dieses Mal ein kleines, in der Luft hängendes Fragezeichen. Es löste sich allerdings schnell auf, als Wärme und Vertrautheit sie wieder umgaben.

Als sie den Kaffee getrunken hatten und Bond an seinem Kognak nippte, griff Vesper nach ihrer Handtasche, stand auf und stellte sich hinter ihn.

»Ich bin müde«, sagte sie und legte eine Hand auf seine Schulter.

Er hielt ihre Hand dort fest, und einen Augenblick rührte sich keiner. Dann beugte sie sich zu ihm hinunter und fuhr mit ihren Lippen leicht über sein Haar. Dann war sie auch schon gegangen, und wenige Sekunden später drang Licht aus ihrem Zimmer.

Bond rauchte und wartete, bis es wieder ausgegangen war. Dann stand er ebenfalls auf, sagte nur schnell dem Wirtsehepaar »Gute Nacht« und bedankte sich für das Essen. Schließlich ging er nach oben.

Es war gerade halb zehn, als er ihr Zimmer durch das Bad betrat und die Tür hinter sich schloß.

Das Mondlicht drang durch die angelehnten Fensterläden und warf geheimnisvolle Schatten auf den Schnee ihres Körpers, der auf dem breiten Bett lag.

Beim Anbruch der Morgendämmerung erwachte Bond in seinem eigenen Zimmer, und eine Zeitlang blieb er liegen und beschäftigte sich mit seinen Erinnerungen.

Dann stand er leise auf, und im Morgenmantel schlich er an Vespers Tür vorbei, um zum Baden zu gehen.

Die See lag spiegelglatt und ruhig im Schein der aufgehenden Sonne. Die winzigen, rosafarbenen Wellen leckten unaufhörlich gegen den Strand. Es war kalt; trotzdem zog er seinen Seidenmantel aus und ging bis zu jener Stelle, an der er am Abend vorher nackt im Sand gelegen hatte. Schließlich stieg er langsam ins Wasser, bis es ihm bis zum Kinn reichte. Er zog die Beine an und sank sofort unter, hielt sich die Nase mit der einen Hand zu und die Augen geschlossen, und dann spürte er, wie das kalte Wasser seinen Körper und sein Haar streichelte.

Der Spiegel der Bucht war fleckenlos glatt bis auf jene Stellen, an denen ein Fisch hochgeschnellt war. Er stellte sich vor, wie es unter Wasser aussehen müßte, und wünschte sich, daß Vesper gerade in dem Augenblick zwischen den Kiefern hervorkommen möchte, in dem er plötzlich aus dem menschenleeren Wasser auftauchte, so daß sie erschrecken mußte.

Als er nach einer vollen Minute wieder nach oben kam und das Wasser aufspritzte, war er enttäuscht. Kein Mensch war zu sehen. Eine Zeitlang schwamm er herum oder ließ sich treiben, und als die Sonne warm genug zu sein schien, ging er an Land, legte sich auf den Rücken und freute sich seines Körpers, der ihm in der vergangenen Nacht zurückgegeben worden war.

Wie am vorigen Abend starrte er in den wolkenlosen Himmel und sah dort die gleiche Antwort.

Nach einer ganzen Weile stand er auf und ging langsam am Strand entlang zu seinem Seidenmantel zurück.

Noch an diesem Tag würde er Vesper fragen, ob sie ihn heiraten werde. Er war der Antwort sehr sicher. Es war nur eine Frage des richtigen Augenblicks.

24

Als er von der Terrasse fast lautlos das Halbdunkel des Eßzimmers betrat, dessen Läden noch geschlossen waren, war er sprachlos, daß Vesper aus der Telefonzelle trat, die in der Nähe der Haustür stand und deren Tür zum Teil aus Glas bestand, und leise die Treppe hinauf wollte.

»Vesper«, rief er, weil er annahm, sie hätte ein dringendes Gespräch gehabt, das auch ihn anginge.

Sie drehte sich blitzschnell um und hielt die Hand vor den Mund.

Einen Augenblick länger als notwendig starrte sie ihn an, die Augen weit aufgerissen.

»Was ist denn, Darling«, fragte er. Ohne es genau zu wissen, fürchtet er eine Krise in ihrem gemeinsamen Leben.

»Ach«, sagte sie atemlos, «du hast mich aber erschreckt. Ich habe nur ... ich habe nur Mathis angerufen – Mathis«, wiederholte sie. »Ich habe ihn nur gebeten, mir ein neues Kleid zu besorgen, von meiner Freundin, weißt du, von der ich dir schon erzählte. Die Vendeuse.« Sie sprach sehr schnell, ihre Worte waren ein drängender Sturzbach. »Ich habe nämlich gar nichts anzuziehen. Und ich dachte, ich könnte ihn einfach zu Hause anrufen, bevor er ins Büro ginge. Ich kenne nämlich die Telefonnummer meiner Freundin nicht, und außerdem sollte es eine Überraschung für dich sein. Und ich wollte dich auch nicht wekken und stören. Ist das Wasser schön? Hast du gebadet? Du hättest ruhig auf mich warten können.«

»Es war wunderbar«, sagte Bond, der sich entschlossen hatte, es ihr leicht zu machen, obgleich ihn ihr offensichtlich schlechtes Gewissen über dieses kindische Verhalten irritierte. »Du mußt jetzt nach oben gehen, und nachher werden wir auf der Terrasse frühstücken. Ich habe rasenden Hunger. Aber es tut mir leid, daß ich dich erschreckt habe. Ich war nur sprachlos, um diese Zeit schon einem Menschen hier unten zu begegnen.«

Er legte den Arm um sie, aber sie befreite sich und lief die Treppe hinauf.

»Und ich war so überrascht, ausgerechnet dich vorzufinden«, sagte sie und versuchte, mit einer gewissen Leichtigkeit über diesen Vorfall hinwegzugehen. »Wie ein Gespenst sahst du aus, wie ein Ertrunkener, mit den Haaren in der Stirn.« Unvermittelt lachte sie auf. Als sie merkte, daß es rauh klang, ließ sie es in ein Hüsteln übergehen.

»Hoffentlich habe ich mich nicht erkältet«, sagte sie.

Sie blieb bei ihrer Lüge, so daß Bond den Wunsch verspürte,

sie über das Knie zu legen, damit sie die Wahrheit sagte. Statt dessen gab er ihr einen aufmunternden Klaps auf den Rücken und befahl ihr, schnell zu baden und sich anzuziehen.

Dann verschwand er in seinem Zimmer.

Damit war die Ehrlichkeit ihrer Liebe zu Ende. Die folgenden Tage waren eine ununterbrochene Kette von Falschheiten und Heucheleien, vermischt mit ihren Tränen und Augenblicken sinnlicher Leidenschaft, zu der sie von der Unausgefülltheit der vorüberziehenden Tage getrieben wurden.

Mehrmals versuchte Bond, die schreckliche Mauer des Mißtrauens einzureißen. Immer wieder brachte er das Gespräch auf die Sache mit dem Telefon, aber halsstörrisch schmückte sie ihre Geschichte mit immer neuen Zutaten aus, von denen Bond wußte, daß sie sie sich erst hinterher ausgedacht hatte. Sie warf Bond sogar vor, er glaubte nur, daß sie einen anderen Liebhaber hätte.

Jede Szene endete in bitteren Tränen und fast hysterischen Ausbrüchen. Tag für Tag wurde die Atmosphäre abscheulicher.

Bond konnte nicht begreifen, daß die menschlichen Beziehungen über Nacht in Staub zerfallen konnten, und immer wieder suchte er in Gedanken nach einem Grund.

Er fühlte, daß Vesper darüber genauso entsetzt war wie er und daß sie sich – falls es überhaupt möglich war – noch elender fühlte als er. Aber das Geheimnis des Telefongespräches, das zu erklären Vesper sich verärgert und, wie Bond manchmal glaubte, ängstlich weigerte, war ein Schatten, der, zusammen mit anderen kleinen Geheimnissen und Verschweigungen, immer drohender wurde.

An diesem Tag fing es schon beim Mittagessen an.

Nach dem Frühstück, das für beide eine Anstrengung bedeutete, sagte Vesper, daß sie Kopfschmerzen hätte und auf ihrem Zimmer bleiben wolle. Bond holte sich ein Buch und ging kilometerweit den Strand entlang. Als er zurückkam, hatte er sich entschlossen, daß sie das Problem während des Mittagessens einmal gründlich besprechen müßten.

Kaum hatten sie sich gesetzt, als er sich schon leichthin dafür entschuldigte, sie vor der Telefonzelle so erschreckt zu haben; dann ließ er das Thema wieder fallen und erzählte, was er auf dem Spaziergang erlebt hatte. Aber Vesper schien gar nicht richtig zuzuhören und gab nur einsilbige Antworten. Sie stocherte auf ihrem Teller herum, wich Bonds Blicken aus oder sah geistesabwesend durch ihn hindurch.

Als sie schließlich ein paarmal nicht einmal auf eine Frage antwortete, verstummte Bond ebenfalls und überließ sich seinen düsteren Gedanken.

Plötzlich aber war ihr ganzer Körper angespannt. Mit einem Klirren fiel ihre Gabel auf den Tellerrand und von dort auf den Boden.

Bond blickte auf. Sie war weiß wie ein Bettlaken geworden, und mit entsetztem Gesicht sah sie an ihm vorbei.

Bond drehte den Kopf und sah, daß ein Mann sich gerade an einem Tisch niedergelassen hatte, der an der anderen Seite der Terrasse stand, also ziemlich weit von ihnen entfernt. Dieser Mann wirkte ziemlich unauffällig, war vielleicht eine Spur zu feierlich angezogen, aber auf den ersten flüchtigen Blick hielt Bond ihn für einen Geschäftsmann, der hier zufällig vorbeigekommen war oder das Gasthaus in einem Reiseführer entdeckt hatte.

»Was ist denn, Darling?« fragte er besorgt.

Vespers Augen ließen die fremde Gestalt nicht los.

»Das ist der Mann in dem Wagen«, sagte sie mit erstickter Stimme, »der uns verfolgt hat. Ich weiß es genau.«

Bond blickte wieder über die Schulter zurück. Der Wirt unterhielt sich mit dem neuen Gast über das Menü. Es war eine völlig normale Szene. Die beiden mußten über irgend etwas lächeln und waren sich dann offensichtlich einig geworden, denn der Wirt nahm die Speisekarte, schlug anscheinend noch einen bestimmten Wein vor und verschwand dann.

Der Mann schien zu merken, daß er beobachtet wurde. Er blickte auf und sah einen Augenblick völlig unbeteiligt zu ihnen herüber. Dann griff er nach einer Aktentasche, die neben ihm auf dem Stuhl lag, zog eine Zeitung heraus und fing, die Ellenbogen auf den Tisch gestützt, an zu lesen.

Als der Mann ihnen sein Gesicht zugewandt hatte, war Bond aufgefallen, daß das eine Auge von einer schwarzen Klappe bedeckt war. Sie wurde jedoch nicht von einem Band festgehalten, sondern war ähnlich einem Monokel eingeklemmt. Im übrigen schien der Mann jedoch nett und mittleren Alters zu sein, mit dunkelbraunem, glatt zurückgekämmtem Haar und – wie Bond festgestellt hatte, als der Mann sich mit dem Wirt unterhielt – auffallend großen weißen Zähnen.

Bond sah Vesper wieder an. »Ich weiß nicht, Darling – er sieht doch sehr harmlos aus! Bist du sicher, daß es derselbe Mann ist? Schließlich können wir nicht erwarten, daß dieses Gasthaus nur uns allein vorbehalten ist.«

Vespers Gesicht war immer noch eine weiße Maske. Mit beiden Händen klammerte sie sich an die Tischkante. Er glaubte schon, sie würde ohnmächtig, und wollte bereits aufstehen und zu ihr gehen; sie machte jedoch eine abwehrende Handbewegung. Dann griff sie nach ihrem Weinglas und nahm einen tiefen Schluck. Das Glas klirrte gegen ihre Zähne, und sie mußte es schließlich mit beiden Händen festhalten. Dann stellte sie es wieder ab.

Mit stumpfen Augen sah sie ihn an.

»Ich weiß genau, daß er es ist.«

Er versuchte, sie davon abzubringen, aber sie hörte ihm gar nicht zu. Nachdem sie einige Male zu dem Fremden hinübergeschaut hatte und ihre Augen dabei seltsam unterwürfig gewirkt hatten, sagte sie plötzlich, daß ihre Kopfschmerzen immer noch sehr schlimm wären und daß sie auch nachmittags auf ihrem Zimmer bleiben wolle. Damit stand sie vom Tisch auf und verschwand im Haus, ohne sich noch einmal umzudrehen.

Bond war entschlossen, alles zu tun, um sie zu beruhigen. Er bestellte sich noch eine Tasse Kaffee, erhob sich dann und ging mit schnellen Schritten über den Hof. Der schwarze Peugeot, der dort stand, konnte tatsächlich jene schwarze Limousine gewesen sein, die sie gesehen hatten; genausogut konnte er jedoch auch einer von den unzähligen anderen sein, die über Frankreichs Straßen rollen. Er blickte flüchtig in das Wageninnere, das jedoch völlig leer war, und als er eine der Türen öffnen wollte, war sie abgeschlossen. Er notierte sich die Pariser Nummer, ging dann auf das Klosett, das neben dem Eßzimmer lag, zog die Spülung und kam wieder auf die Terrasse zurück.

Der Mann war mit dem Essen beschäftigt und sah nicht auf.

Bond setzte sich auf Vespers Stuhl, so daß er den anderen Tisch beobachten konnte.

Wenige Minuten später ließ der Fremde sich die Rechnung bringen, bezahlte und ging weg. Bond hörte den Peugeot anspringen, und kurze Zeit später verschwand das Motorengeräusch auf der nach Royale führenden Straße.

Als der Wirt an seinen Tisch trat, erklärte Bond, daß Madame leider einen leichten Sonnenstich hätte. Nachdem der Patron sein Bedauern ausgedrückt und sich über die Gefahren ausgelassen hatte, die ein Aufenthalt im Freien bei fast jedem Wetter mit sich brächte, fragte ihn Bond unauffällig nach dem Fremden. »Er erinnert mich nämlich an einen Bekannten, der ebenfalls ein Auge verloren hat. Auch die schwarze Augenklappe ähnelt der meines Bekannten.«

Der Patron erwiderte, daß der Fremde ihm nicht bekannt wäre. Er wäre mit dem Essen äußerst zufrieden gewesen und hätte gesagt, daß er morgen oder übermorgen wieder zurückkäme und dann hier wieder zu Mittag essen würde. Anscheinend wäre er Schweizer, was man auch schon an seinem Akzent merkte. Er wäre Uhrenvertreter. Eigentlich wäre es doch entsetzlich, nur noch ein Auge zu besitzen. Und dazu die Anstrengung, den Augenschutz den ganzen Tag über festzuhalten. Aber wahrscheinlich gewöhne man sich auch daran.

»Es ist wirklich sehr traurig«, sagte Bond. »Immerhin haben Sie ebenfalls Pech gehabt.« Er deutete auf den leeren Ärmel des Wirtes. »Ich persönlich habe sehr viel Glück gehabt.«

Eine Zeitlang unterhielten sie sich über den Krieg. Dann stand Bond auf.

»Übrigens hat Madame heute früh telefoniert«, sagte er, »und ich muß das Gespräch noch bezahlen: ein Gespräch mit Paris – eine Elysée-Nummer, glaube ich«, fügte er noch hinzu, als ihm einfiel, daß Mathis unter diesem Amt zu erreichen war.

»Das ist bereits erledigt, Monsieur. Ich habe heute vormittag mit Royale telefoniert, und die Vermittlung sagte, daß einer meiner Gäste ein Gespräch mit Paris angemeldet hätte, daß der Teilnehmer sich jedoch nicht gemeldet hätte. Die Vermittlung wollte wissen, ob die Anmeldung weiterlaufen sollte. Ich fürchte, ich habe vergessen, Madame danach zu fragen. Vielleicht könnten Monsieur sich bei Madame erkundigen? Aber soweit ich mich erinnere, nannte die Vermittlung eine Invalides-Nummer.«

25

Die nächsten beiden Tage verliefen nicht anders.

Am vierten Tag ihres Aufenthaltes fuhr Vesper schon früh nach Royale. Sie wurde von einem Taxi abgeholt und auch wieder zurückgebracht. Sie sagte, sie hätte sich irgendeine Medizin holen müssen.

Am Abend versuchte sie krampfhaft, wieder vergnügt zu sein. Sie trank auffallend viel, und als sie nach oben gingen, zog sie ihn in ihr Zimmer. Hinterher weinte sie jedoch bitterlich in ihr Kopfkissen, und Bond ging in grimmiger Verzweiflung in sein Zimmer.

Er konnte kaum schlafen, und als es noch sehr früh war, hörte er, daß ihre Tür leise geöffnet wurde. Dann drangen von unten gedämpfte Geräusche herauf; er war überzeugt, daß sie wieder telefonierte. Wenig später hörte er, daß ihre Tür leise geschlossen wurde, und vermutete, daß sich der Teilnehmer in Paris auch dieses Mal nicht gemeldet hatte.

Das war am Sonnabend.

Am Sonntag tauchte der Mann mit der schwarzen Augenklappe wieder auf. Bond wußte es, als er von seinem Teller aufblickte und ihr Gesicht sah. Er hatte ihr bereits das erzählt, was er von dem Patron erfahren hatte, und ihr nur verschwiegen, daß der Fremde gesagt hatte, er würde noch einmal vorbeikommen. Er hatte nämlich angenommen, daß es sie aufregen würde.

Außerdem hatte er mit Mathis telefoniert, der wieder in Paris war, und die Wagennummer des Peugeot überprüfen lassen. Der Wagen war vor zwei Wochen gemietet worden und gehörte einer angesehenen Firma. Der Kunde hatte einen Schweizer Führerschein vorgelegt und hieß Adolph Gettler. Als Adresse hatte er eine Bank in Zürich angegeben.

Mathis hatte sich daraufhin mit der Schweizer Polizei in Verbindung gesetzt. Es stimmte, daß die Bank ein Konto auf diesen Namen führte, wenn es auch nur selten in Anspruch genommen wurde. Gettler stand angeblich in Verbindung mit der Uhrenindustrie. Weitere Nachforschungen konnten jedoch nur durchgeführt werden, wenn eine Anschuldigung gegen ihn vorläge. Vesper hatte bei dieser Mitteilung nur mit den Schultern gezuckt.

Als der Fremde plötzlich zum zweitenmal auftauchte, stand Vesper unvermittelt auf und ging sofort auf ihr Zimmer.

Bond wußte, daß etwas geschehen mußte. Als er mit dem Essen fertig war, folgte er ihr. Die beiden Türen ihres Zimmers waren abgeschlossen, und als er sie überredet hatte, ihn einzulassen, sah er, daß sie im Schatten neben dem Fenster gesessen und den Fremden vermutlich beobachtet hatte.

Ihr Gesicht war versteinert. Er führte sie zu ihrem Bett und zog sie neben sich. Dort saßen sie stocksteif nebeneinander wie zwei Reisende in einem Eisenbahnabteil.

»Vesper«, sagte er und hielt ihre eiskalten Hände, »so kann es nicht weitergehen. Wir müssen die Sache zu einem Abschluß bringen. Wir quälen uns gegenseitig, und es gibt nur eine Möglichkeit, damit Schluß zu machen. Entweder du erzählst mir offen, was das alles zu bedeuten hat, oder wir müssen uns trennen – noch heute.«

Sie sagte nichts; ihre Hände waren kalt und reglos.

»Darling«, sagte er. »Warum willst du es mir nicht sagen? Weißt du noch, als ich am ersten Abend vom Baden zurückkam und dich fragte, ob du mich heiraten wolltest? Können wir nicht noch einmal von vorn anfangen? Welcher entsetzliche Alptraum zerstört denn alles?«

Zuerst blieb sie stumm; dann rann eine Träne langsam über ihre Wange.

»Wolltest du mich wirklich heiraten?«

Bond nickte nur.

»Ach, mein Gott«, sagte sie aufschluchzend .»Mein Gott!« Und plötzlich klammerte sie sich an ihn und preßte ihr Gesicht gegen seine Brust.

Er hielt sie fest an sich gedrückt. »Sag doch, Darling – was quält dich?«

Ihr Schluchzen wurde ruhiger.

»Bitte, laß mich jetzt allein«, sagte sie, und ihre Stimme hatte einen neuen Klang – einen resignierten Klang. »Ich muß allein sein und nachdenken.« Sie küßte ihn und hielt sein Gesicht zwischen ihren Händen. Voller Sehnsucht sah sie ihn an. »Darling, ich versuche, das Beste für uns herauszufinden. Bitte glaube mir. Aber es ist entsetzlich. Ich habe so entsetzliche ...« Sie schluchzte wieder auf und klammerte sich an ihn wie ein Kind, das schlecht geträumt hat.

Er versuchte, sie zu beruhigen, streichelte ihr langes schwarzes Haar und küßte sie zärtlich.

»Geh jetzt«, sagte sie. »Ich muß so viel bedenken. Irgend etwas müssen wir doch tun.«

Sie nahm sein Taschentuch und trocknete sich die Augen.

Dann brachte sie ihn zur Tür, und sie hielten sich eng umschlungen. Schließlich küßte er sie noch einmal, und sie schloß die Tür hinter ihm ab.

Beim Abendbrot war die Lustigkeit und Vertrautheit ihres ersten gemeinsamen Abends wieder zurückgekehrt. Sie war zwar aufgeregt, und ihr Lachen klang manchmal etwas spröde, aber

Bond war entschlossen, sich ihrer neuen Stimmung restlos anzupassen; erst gegen Ende des Abendessens machte er eine flüchtige Bemerkung, die sie verstummen ließ.

Dann legte sie jedoch ihre Hand über seine. »Sprich jetzt nicht davon«, sagte sie. »Vergiß es jetzt. Es ist schon vorüber. Ich werde dir morgen früh alles erzählen.«

Sie blickte ihn an, und plötzlich schwammen ihre Augen in Tränen. Sie suchte in der Handtasche nach einem Taschentuch und tupfte sich die Augen ab.

»Gieß mir noch Champagner ein«, sagte sie und lachte plötzlich leise, aber irgendwie merkwürdig auf. »Ich brauche heute noch viel Champagner. Du trinkst viel mehr als ich – das ist ungerecht von dir.«

Sie blieben am Tisch sitzen, bis die Flasche leer war. Dann stand sie auf. Dabei stieß sie gegen ihren Stuhl und kicherte.

»Ich glaube, ich habe einen Schwips«, sagte sie. »Wie schamlos! Bitte, James, sei mir nicht böse. Ich wollte so gern vergnügt sein. Und das bin ich jetzt auch.«

Sie stand hinter ihm und fuhr mit den Fingern durch sein schwarzes Haar.

»Komm sofort nach«, sagte sie »Ich habe entsetzliche Sehnsucht!« Sie küßte ihn flüchtig und verschwand im Haus.

Was Bond nicht für möglich gehalten hatte, war eingetreten: Die Barrieren aus Befangenheit und Mißtrauen schienen verschwunden zu sein, und die Worte, die sie sich sagten, waren wieder voller Vertrauen und Aufrichtigkeit. Nicht ein Schatten lag mehr zwischen ihnen.

»Du mußt jetzt gehen«, sagte Vesper, als Bond eine Weile in ihren Armen geschlafen hatte.

Als wollte sie ihre Worte damit ungesagt machen, umarmte sie ihn noch heftiger, flüsterte Zärtlichkeiten in sein Ohr und preßte sich eng an ihn.

Als er schließlich aufstand und sich bückte, um ihr Haar zurückzustreichen und sie auf Augen und Mund zu küssen, streckte sie den Arm aus und knipste das Licht an.

»Sieh mich an«, sagte sie, »und laß mich dich ansehen.«

Er kniete sich neben sie hin.

Aufmerksam betrachtete sie jede Linie seines Gesichtes, als sähe sie ihn zum erstenmal. Dann legte sie einen Arm um seinen Hals. Ihre tiefblauen Augen schwammen in Tränen, als sie seinen Kopf langsam heranzog und ihn zärtlich auf die Lippen küßte. Dann ließ sie ihn los und drehte das Licht aus.

»Gute Nacht, mein über alles Geliebter«, sagte sie.

Bond beugte sich noch einmal hinunter und küßte sie. Er schmeckte die Tränen auf ihrer Wange.

Dann ging er zur Tür und drehte sich noch einmal um.

»Schlaf schön, Darling«, sagte er. »Und mache dir keine Gedanken – alles ist jetzt wieder in Ordnung.«

Leise schloß er die Tür und ging mit übervollem Herzen in sein Zimmer.

26

Der Patron brachte ihm morgens den Brief.

Er stürzte in Bonds Zimmer und streckte ihm den Brief entgegen, als wäre er ein glühendheißes Stück Eisen.

»Etwas Entsetzliches ist passiert! Madame . . .«

Bond sprang mit einem Satz aus dem Bett und rannte in das Bad, aber die Verbindungstür war abgeschlossen. Er drehte sich um, raste durch sein Zimmer, den Korridor entlang und überrannte beinahe ein Mädchen, das entsetzt vor ihm zurückprallte.

Vespers Tür stand offen. Das Sonnenlicht, das durch die Läden drang, erhellte das Zimmer. Nur ihr schwarzes Haar war oberhalb der Bettdecke zu sehen, während sich ihr ausgestreckter Körper unter der Decke wie die Steinfigur einer Grabplatte abzeichnete.

Bond ließ sich neben ihr auf die Knie fallen und zog die Decke zurück.

Sie schlief. Bestimmt schlief sie. Ihre Augen waren geschlossen. Nichts in dem geliebten Gesicht hatte sich verändert. Sie sah aus wie immer – und doch war sie so regungslos, ohne jede Bewegung, ohne Herzschlag, ohne Atem. Das war es: ohne Atem.

Später kam der Patron in das Zimmer und berührte seine Schulter. Er deutete auf das leere Glas, das auf dem Nachttisch stand; auf dem Glasboden waren deutlich weiße Krümel zu erkennen. Das Glas stand neben ihrem Buch, neben den Zigaretten und den Streichhölzern, neben dem funkelnden kleinen Handspiegel, dem Lippenstift und dem Taschentuch. Und auf dem Fußboden lag die Flasche, in der die Schlaftabletten gewesen waren – jene Flasche, die Bond gleich am ersten Abend im Badezimmer aufgefallen war.

Bond stand langsam auf und schüttelte sich. Der Patron hielt ihm immer noch den Brief hin. Bond nahm ihn an sich.

»Benachrichtigen Sie bitte den Commissaire«, sagte Bond. »Ich bin in meinem Zimmer, falls er mich sprechen möchte.«

Ohne etwas zu sehen und ohne sich noch einmal umzudrehen, verließ er Vespers Zimmer.

Er setzte sich auf die Bettkante und starrte aus dem Fenster auf die ruhige See hinaus. Dann blickte er betäubt auf den Brief. In einer großen, runden Handschrift stand auf dem Umschlag lediglich: »Pour lui.«

Dabei kam Bond der Gedanke, daß sie gestern vielleicht angeordnet hatte, sie ziemlich früh zu wecken, damit nicht er es war, der sie fand.

Er drehte den Umschlag um. Es war noch gar nicht lange her, daß ihre warme Zunge den Leim angefeuchtet hatte.

Resigniert zuckte er die Schulter und riß das Kuvert auf.

Der Brief war nicht lang. Aber nach den ersten Sätzen las er immer schneller, und sein Atem ging deutlich hörbar.

Dann warf er den Bogen auf sein Bett, als wäre er ein ekelerregender Skorpion.

Mein geliebter James,

ich liebe Dich von ganzem Herzen, und wenn Du diese Worte liest, wirst Du mich hoffentlich auch noch lieben, weil Deine

Liebe nur noch so lange dauern wird, bis Du diese Worte zu Ende gelesen hast. Also lebe wohl, mein über alles Geliebter, solange wir uns noch lieben. Lebe wohl, Darling.

Ich bin eine Agentin des MWD. Ja, ich bin ein Doppelagent der Russen. Ein Jahr nach dem Krieg wurde ich übernommen, und seitdem habe ich für die Russen gearbeitet. Ich liebte damals einen Polen, der in der Royal Air Force war. Und bis Du kamst, habe ich ihn geliebt. Du kannst leicht feststellen, wer es war. Er hat zwei hohe englische Auszeichnungen, und nach dem Krieg wurde er von M ausgebildet und über Polen abgesetzt. Sie nahmen ihn fest, und durch Folterungen erfuhren sie eine Menge von ihm – auch über mich. Sie setzten sich mit mir in Verbindung und sagten, daß er am Leben bleiben würde, wenn ich für sie arbeitete. Er wußte davon nichts; er bekam nur die Erlaubnis, mir zu schreiben. Jeden Monat, und zwar immer am 15., kam von ihm ein Brief. Ich merkte, daß ich nicht aufhören konnte. Ich konnte die Vorstellung nicht ertragen, daß ich am 15. irgendeines Monats keinen Brief mehr bekommen würde; es hätte bedeutet, daß ich ihn getötet hätte. Ich versuchte, nur sowenig wie möglich zu sagen. Das mußt Du mir glauben. Und dann kamst Du. Ich sagte ihnen, daß Du den Auftrag übernommen hättest, welche Tarnbezeichnung Du hättest und so weiter. Deshalb wußten sie auch Bescheid, bevor Du überhaupt in Royale auftauchtest, und deshalb hatten sie auch genügend Zeit, um das Mikrofon einzubauen. Le Chiffre stand zwar bereits unter Verdacht, aber sie wußten nicht, was Du dort solltest – abgesehen davon, daß es irgend etwas mit ihnen zu tun hatte.

Dann sagte man mir, mich im Kasino nicht hinter Dich zu stellen und gleichzeitig dafür zu sorgen, daß weder Mathis noch Leiter dort stünden. Aus diesem Grunde hätte Dich der eine von Le Chiffres Leuten auch beinahe erschießen können. Dann mußte ich bei der angeblichen Entführung mitmachen. Du hast Dich vielleicht gewundert, weshalb ich damals im Nachtklub so still war. Und nachher hat man mir nichts getan, weil ich für den MWD arbeitete.

Als ich dann jedoch merkte, was man Dir angetan hatte – und obgleich es nur Le Chiffre war, der sich schließlich als Verräter entpuppte –, kam ich zu dem Schluß, daß ich nicht mehr mitmachen könnte. Inzwischen hatte ich mich auch schon in Dich verliebt. Während Deiner Genesung sollte ich verschiedene Einzelheiten über Dich herausbringen, aber ich weigerte mich. Kontrolliert wurde ich von Paris. Zweimal täglich mußte ich eine Invalides-Nummer anrufen. Man drohte mir, und schließlich wurde auch die Pariser Verbindung abgebrochen; in diesem Augenblick wußte ich, daß jener Mann in Polen, den ich lange Zeit geliebt hatte, sterben mußte. Man befürchtete jedoch, daß ich reden würde, und deshalb bekam ich noch einmal die Warnung, daß *Smersch* sich einschalten würde, wenn ich nicht gehorchte. Ich nahm es gar nicht zur Kenntnis, denn ich liebte Dich. Dann aber tauchte der Mann mit der schwarzen Augenklappe im Splendide auf, und ich bekam heraus, daß er sich genau nach mir erkundigt hatte. Das war am Tage vor unserer Fahrt hierher. Ich hoffte, ihn abschütteln zu können. Ich beschloß, daß wir beide unsere Zeit hier verleben sollten und daß ich dann von Le Havre aus nach Südamerika fliehen würde. Ich hoffte, von Dir ein Kind zu bekommen und dann irgendwo ganz neu anfangen zu können. Aber man verfolgte uns. Man kommt nie wieder los.

Ich wußte, daß es das Ende unserer Liebe sein würde, wenn ich es Dir erzählte. Ich erkannte, daß ich nur noch zwei Möglichkeiten hatte: entweder von *Smersch* umgebracht zu werden und Dich damit ebenfalls in Gefahr zu bringen, oder aber mich selbst umzubringen.

Das ist es, mein Geliebter. Du kannst mich nicht daran hindern, Dich so zu nennen oder zu sagen, daß ich Dich liebe.

Ich kann Dir wirklich nicht sehr viel sagen, was Dir helfen würde. Die Telefonnummer in Paris war Invalides 55200. In London bin ich nie mit jemandem zusammengetroffen. Alles lief über die Deckadresse eines Zeitungshändlers am Charing Cross Place, Nummer 450.

Bei unserem ersten gemeinsamen Abendessen sprachst Du von jenem Jugoslawen, der als Verräter verurteilt wurde. Dieser Mann hatte gesagt: »Ich wurde von dem Sturm mitgerissen, der auf dieser Welt herrscht.« Das ist auch meine einzige Entschuldigung – das und meine Liebe zu dem Mann, dessen Leben ich zu retten versuchte.

Es ist schon spät, und ich bin müde. Nur durch zwei Türen bist du von mir getrennt. Aber ich muß jetzt tapfer sein. Vielleicht hättest du mein Leben retten können – aber den Blick Deiner geliebten Augen hätte ich nie ertragen.

Du bist meine ganze Liebe. V.

Mechanisch rieb er die Fingerkuppen gegeneinander. Plötzlich hämmerte er mit den Fäusten gegen seine Schläfen und stand auf. Einen Augenblick lang blickte er auf die ruhige See hinaus; dann stieß er laut einen Fluch aus – eine nicht wiederzugebende Gemeinheit.

Seine Augen waren naß, und er wischte sich mit dem Handrücken darüber.

Er zog sich Hemd und Hose über, und mit verschlossenem, eiskaltem Gesicht lief er die Treppe hinunter und zog die Tür der Telefonzelle hinter sich zu.

Während er auf die Verbindung mit London wartete, wiederholte er ruhig die Tatsachen, die in Vespers Brief standen. Alles paßte jetzt zusammen. Die kleinen Schatten und Fragezeichen der letzten vier Wochen, die sein Instinkt zwar bemerkt, die sein Verstand jedoch beiseite geschoben hatte – jetzt waren sie so deutlich erkennbar wie riesige Tafeln.

Für ihn war sie nur noch eine Spionin. Das, was sie an Liebe und Kummer gemeinsam erlebt hatten, war in das hinterste Fach seiner Erinnerungen gestopft worden. Später würde es vielleicht einmal herausgeholt werden, leidenschaftslos geprüft und dann verbittert wieder weggesteckt werden, zusammen mit dem anderen sentimentalen Ballast, den er am liebsten vergessen würde. Jetzt aber war für ihn alles nur Verrat am Service und an ihrem

Land, und er dachte an den Schaden, der dadurch entstanden war. Seine Gedanken waren nur mit den Folgen beschäftigt – mit den Tarnbezeichnungen, die seit Jahren sinnlos gewesen waren, mit den Codes, die der Gegner bestimmt genau kannte, mit den Geheimsachen, die aus dem Zentrum ausgerechnet jener Abteilung nach draußen gedrungen waren, deren Aufgabengebiet die Sowjetunion war.

Es war gespenstisch. Der Himmel allein wußte, wie dieses Durcheinander jemals wieder aufgeräumt werden konnte.

Er knirschte mit den Zähnen. Was hatte Mathis doch gesagt? Es gäbe genügend Ziele, die wirklich pechschwarz wären. Und über *Smersch:* Ihm passe es nicht, daß diese Kerle in Frankreich herumfuhren und jeden umlegten, von dem sie glaubten, er wäre ein Verräter an ihrem ach so kostbaren politischen System.

Bond grinste bitter vor sich hin.

Es hatte gar nicht lange gedauert, bis sich zeigte, daß Mathis recht hatte und bis ihm seine eigenen kleinen Spitzfindigkeiten ins Gesicht geschlagen wurden!

Während er, Bond, jahrelang Indianer gespielt hatte – jawohl, Le Chiffres Bezeichnung war völlig richtig –, war der eigentliche Gegner ruhig, kalt und ohne große Heldentaten an der Arbeit gewesen, und zwar unmittelbar neben ihm selbst.

Er hatte plötzlich die Vision, daß Vesper den Korridor entlang kam, einen Stapel Dokumente unter dem Arm – nein, auf einem Tablett. Auf einem Tablett wurden sie weggetragen, während der eiskalte Geheimagent mit der doppelten Null durch die ganze Welt reiste – und Indianer spielte.

Seine Fingernägel gruben sich in die Innenfläche seiner Hände, und vor Scham brach ihm der Schweiß am ganzen Körper aus.

Aber noch war es nicht zu spät. Er sah das Ziel vor sich, ganz in der Nähe. Er würde sich jetzt *Smersch* vornehmen und zu Tode hetzen. Ohne *Smersch*, ohne diese eiskalte Waffe des Todes und der Rache, würde auch der MWD nur eine Gruppe beamteter Spione sein, nicht besser und nicht schlechter als irgendein westlicher Geheimdienst.

Smersch war der hinter allem steckende Motor. Sei treu, spioniere gut, oder du mußt sterben. Unvermeidlich und fraglos wirst du sonst zu Tode gehetzt.

Genauso war es mit der ganzen Maschinerie der Russen. Angst war der Motor. Es war sehr viel sicherer, weiter anzugreifen, als sich zurückzuziehen. Greife den Feind an, und du entgehst der Kugel. Ziehe dich zurück, weiche aus oder betrüge, und die Kugel wird dich bestimmt nicht verfehlen.

Aber jetzt würde er jenen Arm angreifen, der Peitsche und Pistole hielt. Das Geschäft der Spionage konnte weiterhin den Leuten hinter dem Schreibtisch überlassen bleiben. Sollten sie ruhig spionieren oder Spione fangen. Er würde jene hetzen, die hinter den Spionen standen, die die Menschen durch Drohungen erst zu Spionen machten.

Das Telefon schrillte, und Bond nahm den Hörer ab.

Am anderen Ende der Leitung war der einzige Mann in London, den er von außerhalb anrufen konnte – und auch das nur im äußersten Notfall.

Er zwang sich, ganz ruhig zu bleiben.

»Hier ist 007. Ich spreche von einem öffentlichen Apparat. Es handelt sich um einen Notfall. Können Sie mich verstehen? Geben Sie sofort weiter: 3030 war ein Doppel und arbeitete für Rotland.

Jawohl – ›war‹, habe ich gesagt. Das Biest ist nämlich tot.«

Ian Fleming

Ian Fleming, geboren am 28. Mai 1908 in London als Sohn eines Bankiers, studierte in München und Genf Psychologie. 1933 ging er für die Nachrichtenagentur Reuter als Korrespondent nach Moskau. Während des Zweiten Weltkriegs war er hochrangiger Verbindungsoffizier beim britischen Geheimdienst. Ab 1953 schrieb er seine James-Bond-007-Romane, die auf Anhieb zu Welterfolgen wurden und, verfilmt, ein Millionenpublikum begeisterten. Am 11. August 1964 starb er im Canterbury Hospital nahe London.

Die bei Scherz erschienenen 007-James-Bond-Romane:

Casino Royale
Countdown für die Ewigkeit
Leben und sterben lassen
Du lebst nur zweimal
Der goldene Colt
Goldfinger
Der Hauch des Todes
Im Angesicht des Todes
Im Dienst Ihrer Majestät
007 James Bond jagt Dr. No
Liebesgrüße aus Athen
Liebesgrüße aus Moskau
Moment mal, Mr. Bond
Mondblitz
Octopussy
  und andere riskante
  Geschäfte
Sag niemals nie
Der Spion, der mich liebte

Die James-Bond-Filme mit Sean Connery:

James Bond jagt Dr. No 1962
Liebesgrüße aus Moskau 1963
Goldfinger 1964
Feuerball 1965
Man lebt nur zweimal 1966
Diamantenfieber 1971
Sag niemals nie 1984

James-Bond-Filme mit Roger Moore

Leben und sterben lassen 1973
Der Mann mit dem goldenen Colt 1974
Der Spion, der mich liebte 1976
Moonraker – streng geheim 1978
James Bond 007 – In tödlicher Mission 1980
James Bond 007 – Octopussy 1982
Im Angesicht des Todes 1984

Deutschsprachige Schauspieler in 007 James-Bond-Filmen

Ursula Andress	James Bond jagt Dr. No
Lotte Lenya	Liebesgrüße aus Moskau
Gert Fröbe	Goldfinger
Karin Dor	Man lebt nur zweimal
Curd Jürgens	Der Spion, der mich liebte
Klaus-Maria Brandauer	Sag niemals nie